明室

Lucida

北京联合出版公司
Beijing United Publishing Co.,Ltd.

stic Volatility

随机波动
/ 编

格

Stochastic Volatility
/ Edit

Grid

随机波动
/ 编

格

Stochastic Volatility
/ Edit

Grid

随机波动
/ 编

格

Sto
/ Ed

Gri

CONTENTS 文章目录

050

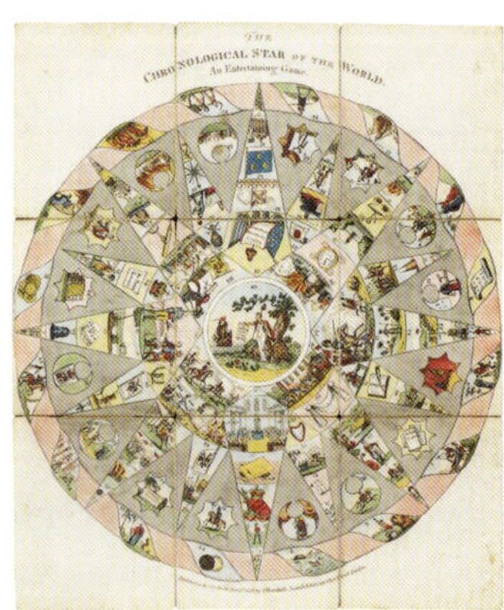

064

088

116

136

157

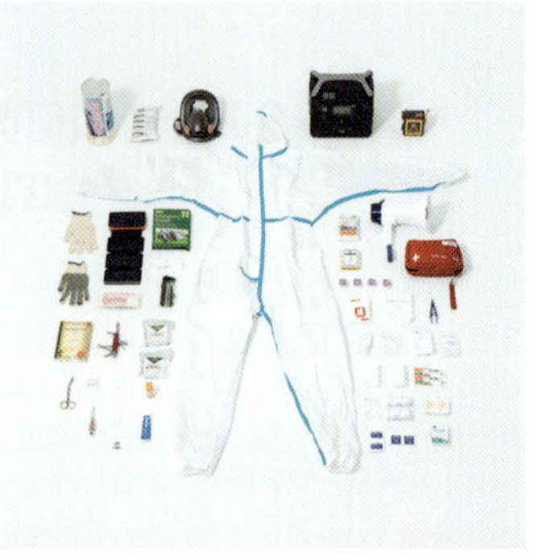

186

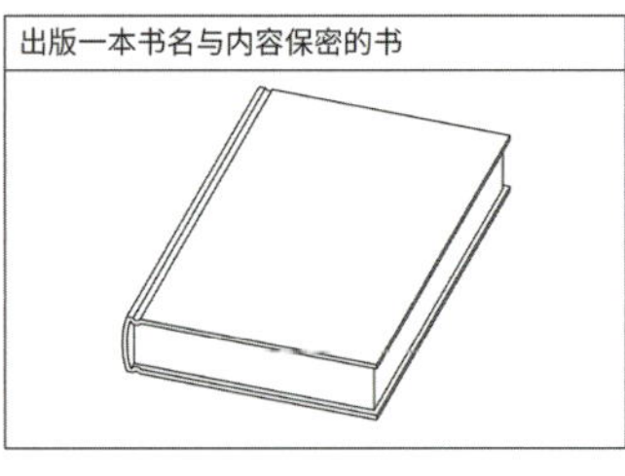

216

随机波动 Stochastic Volatility
撰文 / Text

Editor's Note
卷首语

这是一本难以定义的出版物。它并非搭好结构再填充内容的系统工程，而是从一个想法到另一个想法的未知旅程。最初我们想为它赋予一个主题，既具体又抽象，既近又远，于是我们选择了“格子”；后来我们想要跟朋友们一起创作这个主题，于是有了现在的作者阵容；再后来，我们希望它是一本“好看”的杂志，不仅有文字输出，也有视觉传达，于是找到了有经验的视觉总监和设计团队。

当然，随着我们对它的想象的不断延伸和升级，实现这种想象也变得越来越困难。于是这本出版物，也不可避免是一种想象与现实之间的“中间物”，是尝试和妥协的记录，是两年的时间和其中数不清的艰难时刻，是一连串没有答案的疑问：它足够重要吗？足够诚恳吗？足够合格吗？在两年之后，我们都被迫变成了完全不同的人，我们以及我们的听众和读者，还需要这样一本杂志吗？

按照惯例，一本正经MOOK（杂志书）的卷首语中，少不了一个庄重的故事：某时的我们在某地反复商讨，决定创立一本MOOK。但事实上，有关“为什么”的细节和时间节点，既不可考，也不再重要。种种初衷和缘由仿佛断线的串珠，散落在过去几年毫无章法和秩序的日常中。它们也随生活的偏移不断浮动：从最初的雄心壮志（我们想在飘浮不定的年代拥有属于自己的实在物，我们想跳出舒适圈，用全新的方式策划一本风格迥异的出版物），到想放弃时的自我安慰（坚持就是胜利！这本MOOK是对韧性的考验！这是我们成为长期主义者的第一步！)。再到如今，支撑我们完成它的原因大概是：这本出版物是某种“在场”，某种共同的记忆，某种即将交付的承诺。既是我们仨对彼此的承诺，也是我们对作者和合作伙伴的承诺，更是我们对听众和读者的承诺。世界这般混乱，还好我们彼此为伴。

“一切都是那样新鲜，一切都是那样困难。”这是在被写卷首语的任务萦绕数日后某天清晨建国梦到的一句开头。我们曾以为写这一篇短文将是这本MOOK的最后一份工作，其实它不过是环环相套的许许多多圆环之一。在这一环之前，我们面对的是作者、摄影、视觉、设计师、律师等众多伙伴，此后我们要面对的是出版流程和它的读者。我们将永远栖居在与《格》有关的链条之上，直到这世界上的最后一页纸消散在风中。

两年时间过去，种下的皆生长，遥望的已迫近。感谢曾与我们一同想象和期盼《格》的所有人，你们的名字、想法、文稿、影像也许未出现在书页中，但你们的信任、热情与鼓励让我们在阴霾最沉重的时刻还记得阳光的样子，也使我们慢慢相信，多一点点完成就少一点点欠缺，多一点点光亮就少一点点暗夜。

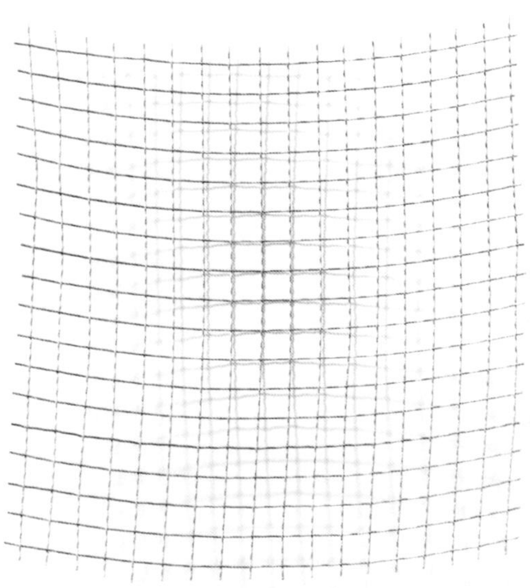

小网格（2023）摄影：李松鼠

移动的树影（2015）摄影：田克

高楼大厦（2023）摄影：李松鼠

广州琶洲会展中心抢建方舱医院 市卫健委提醒市民非必要不离穗（2022）
来源：视觉中国，南方周末

021
025
4G
086

汪民安　Wang Minan

撰文 / Text

What is Grid

何谓“格子”

012

一个对象物在如下两种情况下会遮蔽我们的目光：它要么是黑暗的，要么是混沌的。而黑夜就是黑暗混沌的完整语义。对于黑色，我们乞怜于光；对于混沌，我们乞怜于格子。我们只有借助光才获得可见性，只有借助格子才获得方位感和安全感。我们通过格子自我摆置、自我定位和自我认知。这也是混沌暗黑大地上注定要完成的格子和光的游戏。文明就来自格子的确立。农耕文明是格子的第一次大规模伸张。人们在大地上划分出各种各样的格子：在平坦的大地上划分农田，在山腰划出梯田，在草原上划出牧区，这都是格子。后来人们干脆在一个地方建立密集的格子区域，这就是城市，城市是格子的疯狂套环和叠加，是格子的大全，格子是城市的根基。只有大海和沙漠中没有格子，那里只有轮船划过的迅疾消失的波浪和云烟一般起伏的模糊飞沙。森林的情况复杂一些，它由无数树干编织成了错综复杂的令人目眩的格子，但是，树的混杂的地底根茎和地面蓬勃丛生的杂草却搅乱和吞没了这些树干组成的格子。这些格子有时还被狂躁疾风临时性地摧毁。在树林中，每一个格子的架构也伴随着它的毁灭。这是植物的盲目无序的编织。而动物的活动只有线，只有逃逸线、生成线和战争线，它们被偶然的食物和出其不意的敌人引导来画线，它们不为自己画出一个封闭稳定的格子。只有人会情不自禁地创造各种各样的格子，即便是那些游牧民，在奔突的间隙也会临时性地画出自己的格子。

人最初创造的就是这样的地理格子，后来是制度的格子和精神的格子。人是格子的动物。人正是凭借这种种格子将自己从自然的混沌统治下摆脱出来。如果说，格子就是对抗混沌的话，那么，哲学、科学和艺术都是一种格物，都是对混沌的穿透，都是目标不同的格式技术。就像德勒兹说的那样，它们穿透混沌来分别创造概念、创造功能、创造情感。人们试图在漫无边际的混沌的天穹下撑起一把雨伞。这就是哲学家、科学家和艺术家的工作：明晰的阿波罗总是试图穿透和平衡狂乱的狄俄尼索斯。

人们不仅按照格式的方式来思考、认知和创造，而且建立了各种各样的道德格子，或者说，任何一种道德都是以格子的形式展示了自己的边界、禁区和法则。人们在不同的历史时期划定不同的有时严酷有时松动的道德格子。人们还通过格子来生活和治理。韦伯发现的现代科层制就是一个格子的连环锁链，人们被严格地限定在一个格子中，他只能在格子中行动并按格子的要求行动，他没有超越格子的额外的视野和能力。而格子总是归属于更高的格子，每个格子都无条件地服从于和受制于另外的格子。科层制是管理的格式化，管理的机器。管理者置身在格子中，他在狭隘的格子中来完成他的管理功能。他像一部大机器中的一个配件一样来发挥功能。他被高度地规范化和标准化，他在获得效率的同时也被抹去了个性和激情，这个格式化管理的悲剧在纳粹大屠杀中达到了极限，它成为一个杀人不眨眼的机器，它冷漠地生产尸体。这是管理的格子。而福柯看到的则是被管理者的格子。每个被管理者都置身于格子中。他们不仅受限于空间的格子，还受限于时间的格子。现代人被严格限定在时空编织的格子中，他一生都置身于这样的格栅之中。人们在这样无处不在的遍布在社会肌理之中的格子中被来回摆置。这样的格子是监狱的起源，也是监狱的温和版本。规训社会本质上就是一个格栅社会，就是一个遍布各种监狱岛屿的社会。没有格栅就难以规训和治理。

格子不仅可以用来治理，它在另一个意义上还是归属。人们也把格子当作一个私人领域，一个不容外人进入的领地，一个自我定位的安全场所。

这甚至可能是格子的起源之一。当卢梭说一个人开始在一个地块上画上几道线，将它封闭起来并宣称是他的专有领地的时候，也就是说，当大地被人为划分成格子的时候，当人类展开了这场格子游戏的时候，私有制就开始产生了——这种带有疆界的格子总是和私人相关。人们试图将自己作为这个格子内的单一主人。人们占据这个格子的时候也从属和依附于它，他们依附于这个格子的时候也借助这个格子给自己定位。他们试图在这个格子中寻求财物、安全和平静。

这样，人们既用格子（格式）来思考，在混沌中寻求明晰，也要求拥有和占据一个所属格子来寻求安全；人们按照道德格子来生活和交往，也用格子来管理，通过理性和充满秩序感的格子来提高效率；最终，格子是人们的认知、定居和行动的规范。或许，我们可以从格子的角度来写一部文化的历史：人们先是借助格子摆脱了混沌、获得知识；后来人们借助格子建立了家庭、城邦和国家；最后，人们在家庭和国家内将格子进行无以复加的细微编织，从而确立现代社会的框架和范式——在某种意义上，我们的文化就是在不断地编织格子和完善格子的过程中搭建起来的。这样的搭建就是从地理格子到思想格子到制度格子的反复叠加：这就是格子的层层套叠。

如今，格子无处不在，格子高度细化，格子严丝合缝，格子如影随形。我们最新、最普遍的格子类型是在格子中设置格子。格子中的格子。一座城市被分割成很多区域，这些区域被分割成很多街区，这个街区又被分割为很多楼群，每个楼群都被分割为不同的单元，每个单元最后被分割为不同的格子。这是格子的终端，也是终极性的最具可见性的格式：办公大楼中的格子。每个人都被一个透明玻璃格子包围起来。在这个一模一样的格子中，他只需要一台稳定的电脑，他和这台电脑形成一个紧密的装置。而这为这种微观格子的诞生创造了最根本的条件，就像要求多个身体协作的流水线一定会抵制格子一样。电脑创造了我们这个时代最新、最微观和最令人恐怖的格子景观：格子中的人近在咫尺又远在天涯。每个人都被隔离成一个单独的孤立个体。这个格子大小一样，模式一样，工作机器一样，桌椅一样。它们被整齐划一地部署在一个或空旷或促狭的空间中。这个格子中的人被格式化为同质性之物。无数人早晨奔赴的终点和晚上离开的起点就是这样一个细小的格子。这个格子和他的居所形成了他的生活路线的两端。他的白昼就在这细微的格子之间日复一日地流淌。马尔库塞的单面人在这里找到了最清晰、最生动和最具体的形象。

我们创造了格子，我们也通过格子创造了自己，最终，我们成为这样一种格子的产品：我们束缚于这个格子。这就是格子的悖论：当我们借助格子思考的时候，我们会陷入不思的状态；我们借助这个格子寻求安全的时候，我们会陷入不安的状态；我们借助这个格子管理的时候，我们会陷入无能的状态。这就是韦伯指出的这个格式化的资本主义铁笼的效应：这个铁笼中的人既没有心肝，也没有灵魂。这个笼子如此地顽固，如此地紧密，以至于尼采说，现代人犹如关在笼子里面的家畜，即便偶尔泛起了野性冲动也不再狂暴地撕咬栏杆，而是拼命地撕咬自己。他们不再向外进行能量的狂暴倾泻，而是培育和发展自己软弱的内心深度：内疚。这是一种心灵的自我折磨和自我拷打。这是格子的自我加固。

尼采和韦伯对现代的格栅社会发起了反击。什么是尼采式的重估一切价值？就是要将以格子为根基的价值标准摧毁，就是要将作为束缚和规范的格子摧毁，就是要摧毁格子内在的同一性、均等性和服从性。我们可以在这个意义上来理解现代主义的矛盾性：有一种信奉格子的现代主义，还有一种相反的摧毁格子的现代主义。整个建筑领域的现代主义就是信奉格子的神话。社会管理的格式，无形的管理机器在这里被物质化和具体化了，管理的格子传染和渗透了建筑的格子和城市的格子。这就是包豪斯和柯布西耶的机械化的格式壮举。而蒙德里安则在画布上画出一丝不苟的严谨格子，这些格子通过色彩的跳跃彼此照耀、彼此共振，这是格子的愉快歌唱大声炫耀；马列维奇玩弄的是一种格子游戏，格子套圆形，在格子中套格子，格子覆盖格子，格子拼贴格子，白格子套黑格子，方格子套斜格子，这是格子的杂耍；保罗·克利好像是要让格子回到儿童手中，变为倾斜的、不规则的、无力的状态；而塔特林试图通过雕塑的方式让格子史无前例地旋转，他想让格子运动起来。最后一个伟大的格子画家或许是罗斯科，他不是让格子运动而是让格子轻微地颤抖——格子以这样摇晃的方式在画面上获得了它最后的不稳形象。格子最后的形象也是它似乎正在瓦解的形象。

但是，现代主义的另一面是对格子的摧毁。这些现代主义艺术家偏向扭曲、混乱和冲动，这是对格式社会的愤怒抵抗。这是从马蒂斯的身体狂舞和蒙克的尖锐叫喊开始的。而毕加索在格子和反格子之间摇晃不定。或者说，他画出了格子，但旋即要拆毁这格子，格子总是露出了豁口和破绽。康定斯基将线从格子的模式中解放出来，线奇妙地指向了声音和节奏，而不是图案，更不是格子。抵制格子还有另一种方式，那就是释放奇诡的幻象、黑夜的梦幻和欲望的暴躁，它们让画布上的形象有时候显得谵妄，有时候显得滑稽，有时候又显得伤感，理性和垂直的格子被幻觉和创伤擦除了——这是超现实主义的工作。在贾科梅蒂像线条一般的瘦削身体和弗洛伊德圆滚、暴胀、溢出的肥胖身体之后，出现了培根扭曲、破碎、流动的无器官身体，这是所有反格子的结晶。这身体既是格子触目惊心的效应，也是对格子肆无忌惮的诅咒。这不被格栅化的身体和罗斯科摇晃的格子形成了一个遥远呼应。前者是对格子的最后一击，后者则以格子的方式宣告了格子的脆弱。现代主义的格子就以这两种方式，被摧毁的方式和自毁的方式，在画布上一劳永逸地消失了。

绘画中摧毁格子的是曲线，是梦幻，是谵妄，是激情。而文学呢？文学没有可见的形象格子。

文学的格子是写作隐秘的规范法则，这样的规范格式在17世纪的三一律中达到了顶点，它的各种变体弥漫在18、19世纪的现实主义潮流中。现实主义就是对现实和外物的格式化，它们要模仿世界和整饬世界，它们要将外在的世界转化成严谨的文学格式。而从19世纪开始的现代主义文学则是对现实的格式化的挣脱：首先是放弃通过语言来格物的文学意愿，马拉美和瓦莱里想恢复语言自身的厚度和神秘，想建立一个自主的带有美学色彩的语言王国；贝克特则是要挣脱语言自身的任何王国，他结结巴巴、语无伦次，试图让语言格子的耐心丧失殆尽；而普鲁斯特则以时间的多重分叉和往复回旋来抵制叙事时间的格子秩序，僵硬的格子被抒情的记忆所融化；卡夫卡展示了格子空间的匿名暴力，格子野蛮而无情的法规，最终必然导致对格子的令人心酸的逃逸；而乔伊斯的意义就在于放弃了一切既定的文学格式，他发明了狂欢的文学反格子。当然，我们也绝不会忘记魔幻现实主义冲破一切文学格子和现实格子之后爆发出来的爽朗大笑。

20世纪的哲学在尼采的感召下也在努力摧毁格子。如果说法国哲学有一个尼采传统的话，这个传统就是要挣脱现代社会的各类格子。巴塔耶

021

像大海浪涛一般翻滚的无休止的僭越，布朗肖孤独地试图穿过层层黑夜的“界外”，德里达释放能指，让它们毫无目标地高速滑动着解构，以及德勒兹在无边无际的高原上的坦荡游牧。所有这些，都是对格子的无情撕扯。而在尼采的国度，对格子的反击主要来自阿多诺和本雅明，对他们来说，格子不仅带有一种哲学的悲剧，还是一种具体的历史悲剧。在他们这里，格子表现为历史形象。对本雅明来说，格子就是大都市，就是直逼天际的现代高楼；在别人眼中辉煌闪耀的资本主义高楼大厦，在本雅明看来不过是令人失望的越堆越高的碎片废墟。对阿多诺来说，格子就是犹太人的登记表格，就是麻木的屠杀机器，就是沉默无声的布满铁丝网的集中营。在经历了启蒙运动的重塑之后，在20世纪，格子的功能和效应抵达了它的顶点：它堆砌了无以计数的高楼，也埋下了无以计数的尸骨。

I

岑骏 Cen Jun
插画 / Illustration

李喆 Li Zhe
撰文 / Text

The Aura of GO

棋类、博弈和人工智能

023

那颗原子弹爆炸的时候，本因坊战决赛第二局正进行到复杂难解的阶段。执白的桥本宇太郎落下第106手，中腹的一片白棋由此获得安定；坐在对面的岩本薰望着还在微微颤抖的白子，继续陷入沉思。19路棋盘上黑白子缠绕交织，在格子之间由线条连接又分离，仿佛于虚空中建造一个意义不明的迷宫。

叙述棋局是困难的，现有语言无力对棋局进行精确的描述，每一步落子都不甘被简化为“进攻”或“防御”这样带有军事化隐喻意味的概念——围棋盘中另有一套不可言说的语言，在对弈者的意识里先于词语而出现。对棋局的评论，就是试图用词句捕捉它们。

如果翻开头一天的报纸，应见到诸如“黑97飞，苦心的好手”，或“行至42跳，形成了实地与模样的转换”等棋评字句，但在特定时期，阐释棋艺的语言已被战争信息挤出版面。

1 棋谱 KIFU

观众看似不存在了。

一道强光袭来，门窗碎裂，棋子纷飞，立会人濑越先生木然坐于席中，岩本匍匐于盘上，桥本被震飞到室外；十公里外瞬间成为废墟。

片刻后，桥本回到座位，棋局复原，双方继续进行对局。岩本薰落下第107手，70年后的围棋AI们认为，这确实是全局最优的选点……

费尔南多·佩索阿的诗歌《弈棋者》讲述了类似的故事。一场战争来临，满城仓皇，却有二人无动于衷，继续凝神对弈：

“

让严肃问题无关紧要
让重大事件轻如鸿毛
让本能中天然的驱动
顺从于痛快游戏一场
贪图微不足道的欢愉
（就在宁静的树荫下）。

无论从无用的人生中
得到什么，荣耀名声
智慧，还是生命本身
都不如回想精彩对局，
让更高明的对手折服。

荣耀重如过载的负担
名声无非是一种高烧
爱因寻觅不休而疲倦
智慧的求索都是徒劳
生命自知逝去而心碎……
棋场的游戏占有灵魂
输也无妨，本无所谓。

”

—— 王敖　译

棋谱是坚韧的持存之物。枪炮与盔甲皆会损毁，工具的效用常随时间而逝；一张棋谱却在最强大的武器下存活，标识出生命的一种存在方式，收纳起一整段对弈时空。

后人从一页薄纸或5KB的图片中，随时能闯入一段私密的个人史，双方思考的线索从每个数字所代表的落子中荡漾开来。由于棋谱所再现的思考不依托语词，棋谱自身所承载的实在性便超过了文字的记述。

文字所能传达的信息受限于语词本身的重量。棋谱轻盈地避开了语词的沉重，在未来可能的无尽复现中，被标记的每一步落子都成为可被理解，却又无法用文字精确转译的思维对象——对弈由此成为一种面向永恒或持存的、不可替代的创造。

2022年2月7日，95岁的棋手杉内寿子又留下一张取胜的棋谱，这棋谱可能存在的时间，超过了人的寿命和身边所有易毁之物。

1　棋谱 KIFU

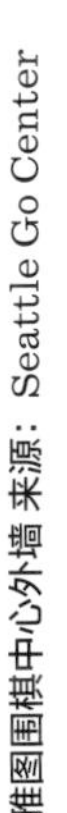

西雅图围棋中心外墙 来源：Seattle Go Center

黄士杰博士捻起一颗黑子，面无表情地落下第37手，“五路肩冲”。在他的左侧，屏幕中显示出这一步落子，作为AlphaGo的创造者之一，他忠实地将这步棋摆在棋盘上。

这步棋是什么意思？身为围棋高手的黄博士也感到诧异，但他努力不做出任何异常的表情动作，尽管对面的棋手并不在座位上。李世石去赛场外吸烟了，这是他在紧张对局中调节心情的习惯，适当地走动和变换环境有利于更好地集中精神。

棋谱被实时转播同步到世界各处，全世界的棋手都被这步棋震惊了。

“这显然是一步坏棋。”

“是不是放错位置了？”

“看来AlphaGo也有低级失误。”

“不，这可能是AlphaGo在教我们下棋了。”

“别急，让我们再研究一下，如果这样应对……”

2 语言 LANGUAGE

李世石回到座位之前，这些对话已经在世界各地的棋手之间飞速进行。几分钟后，李世石见到这步棋，倒吸口气，微微摇头，手指轻捏嘴唇，露出震惊又困惑的表情。多年后回看直播视频，还能感受到李世石初见这步棋时一瞬间的心跳加速。

如今的职业棋手们，已经确知这是一步好棋，并将类似的下法大量运用于对局之中。一个新的问题出现了：尽管高手们已经能卓有成效地运用这步棋，却很难用语言去说明它好在哪里。这步棋的“好”，在于它率先被AI沉默地揭示为“好”，而非被人渐进地理解为“好”。在认知与反馈之间，出现了一个理解的空洞。这一差异隐含了复杂的知识论问题，在它的表层，一些有趣的现象浮现出来。

在围棋的前AI时代，赢棋的一方，或者被认为水平高的棋手，往往会自动获得“解释”棋局的权力。

解释棋局的语言来自其生长的文化土壤，胜者讲述取胜的过程和原因，把胜利归功于如何在“战略”大势的构思上高于对方，如何在“厚薄”的判断上更为敏锐，如何在局部的“算路”比拼中更加精准……如果负者与胜者水平接近，这些解释或许会遭遇反驳，职业棋手们也常常在复盘时争论不休。如果双方水平相差较大，获胜者便获得了更多叙述的权力（除非有更强的棋手反驳他）。赢家和强者掌握叙述的权力（赢=权力），即所谓“历史是由胜利者书写的”—— 这种长久以来的粗疏认知令人意外地在AI面前倒塌了。

在围棋盘上，AI并未以其“更强”来垄断叙述的权力，而是沉默地展现出真实，人们并不知道该如何理解AI下出的棋，真实让所有传统的高手失语。阿伦特说，现实（reality）是可塑的和可改变的，但真实（truth）不是。真实若隐入世界背后，现实便一时占据上风。如今AI所展示的选点仍需要人来解释，不同的棋手以不同的认知结构来试图理解和阐释它，但这些解释不会再被误信为真理本身，也就不再具有居高临下的独断性质。作为这一变化带来的有趣现象，以往常见的男棋手在女棋手面前滔滔不绝讲棋的场景基本消失了，取而代之的是，棋手不论性别在对局后都去寻求AI的指导。

以往棋谱的叙述史中，“怎么讲都可以”的相对主义和“谁赢谁有理”的实用主义成为联合主宰，人与人的对弈呈现为相互理解和竞争的现实，复盘与棋评则是对这现实的重塑。在AI的照射下，棋谱不再只承载对局者的现实，在对局者之外，棋谱自身的真实也被显现出来（在“我们认为这盘棋是这样的”之外，显现出“这盘棋本身是这样的”）。于是，过往叙述的现实出现裂痕，需要以真实为标准来重新修补。同时，

2 语言
LANGUAGE

真实呼唤着棋手去不断寻找新的理解和语言，这种寻找需要谦卑的理智作为德性基础，而自大的胜者将会陷入矛盾和茫然。

这仿佛让我们看到，历史或许一时是由胜者书写，真理或许一时会被强权遮蔽；但启明的光亮总会来临，黑暗中回荡的言语和观念会被真实的光芒渐渐穿透。

2022年3月，*Nature* 封面又一次刊登DeepMind团队的研究成果（第一次正是AlphaGo），这次AI被用于复原古代铭文，取得了远超人类专家的成效。例如，苏格拉底时代的一些法令一直被认为是公元前446/445年之前制定的，而AI证明它们来自公元前420年左右。这看似微小的差异，宣告着一系列被遮蔽的真实将在历史迷雾中被点亮，更新的历史书写随之而来。

AI在许多方面的应用都呈现出这种“点亮真实”的性质（如蛋白质结构预测、气候预测、X光片判断等），经过“失语”的黑箱过程，AI将居于世界之上的薄雾渐次揭开。但是人类的语言并非不在场，语言对世界的区隔使真实得以被有限地认识。这区隔就好比在棋盘上划定了横竖19道，AlphaGo才能揭示其中部分的真实；如果棋盘没有边界也没被切分为格状，那么AI也将陷入混沌。

另一方面，真实从来不会自动显现——真实的显现基于一种认识，即一些人“确知”有真实的存在，而不只是“相信”。相对主义被用来向人们宣告不存在什么真实，“一切都是相信的问题”，于是隐喻可以成为现实，谎言可以成为真理，晦暗的语言成为笼罩世界的毒雾。对真实的“确知”导向寻找真实的语言和行动，这主导了对人性理解的革新，主导了科学的

延展，主导了AI等技术应用的方向，主导了一切艰难又伟大的进步。

在两种力量的对抗中，语言成为争夺的工具。“新语”总是随着时代的变化不断被建造，其中一些被用来巩固现实，另一些被用来寻找真实。前者基于“现实是可塑的”这一条件，却试图运用叙述权使现实的某种特定的塑造僭越为真理，这些语言增强仇恨和控制，消解苦难与差异，指向一致的叙事和单一的意见，使它们的受众和使用者在不断重复的“相信”中走向“无思”的状态。在某些时代，这类语言以浩大的声势建立起残酷的现实，但真实的声音从未彻底断绝；即便在真实被遮蔽的黑暗中，人们也至少可以创造许多不同的关于现实的叙述，来抵抗日益膨胀的单调现实，并期待启明的时刻。

AlphaGo不经意间落下的第37手，就是一个启明的时刻。过往叙述围棋的语言由此出现裂痕，但又并未被全部消除；我们捡起断裂的碎片，去识别哪些是幻梦中集体的呓语，哪些是洞穴中摇曳的火焰。

2 语言 LANGUAGE

在最本初的规则观念上，围棋可以被视为一种争夺生存空间的游戏，也可以被视为一种关于种植与生长的游戏——毫无疑问，在围棋现有的叙述史中，动物性的前者压倒了植物性的后者。

政治家和文学家们雄辩地将棋局与军事、战略、计谋和驭民术联系起来。东汉马融《围棋赋》开篇第一句即“略观围棋兮法于用兵”；班固《弈旨》有“四象既成，行之在人，盖王政也”；宋代《棋经十三篇》效法《孙子兵法》的兵书体例；欧阳修在《新五代史·周臣传》中议论“治国譬之于弈”……此类叙述不胜枚举。这些基于类比和隐喻的观念赋予围棋与现实世界的某种实用性连接，下棋便在具有统治性和侵略性的父权制下成为“有用的”活动。现代西方的政客在借用围棋阐述文化差异时，同样共享着这套隐喻的观念，比如基辛格在《论中国》里就用围棋和国际象棋的比较来阐释他所理解的“战略观”差异。

传统的、前现代的父权制隐喻，并不会随着现代文明的观念革新而自动被消除，反而因其不引人注意的惯性而对现代构成挑战。例如，“大局观”的理念同时存在于统治阶层与非统治阶层中，它许诺统治者以操控全局的正当性，又给予被统治者一种参与统治的幻象。围棋盘上的“大局观”是被建构出来的观念，一名棋手如果常常吹嘘自己“大局观好”，往往是基于一种模糊不清的智力优越感，因其不易被证伪而自鸣得意。“大局观症”主要出现在“大国”棋手中，而AlphaGo的出现使症状得到了显著缓解——AlphaGo没有什么“大局观”的概念，却令所有人类的“大局观”黯然失色，如今也就很难见到什么棋手再以大局观自鸣得意了。“大局观症”虽然在棋手中间正逐渐被AI治愈，但在社会文化中仍然持续蔓延，或许“下一盘大棋”的亢奋只有等待一些与现代文明相符合的新隐喻来对治。

8 隐喻 METAPHOR

棋手与棋子是人与物的关系，是主体与客体的关系。如果把人比作棋子，那么棋手只能是超越于人的抽象存在，不能是人自身。前现代文明中的皇权和神权近乎这种抽象存在，而现代文明的一个特点是在观念和政治实践中消解了它们，尽管它们还存在于传统的文化土壤之中。

另一种隐喻呼之欲出了。围棋没有将帅兵卒的天生价值差异，每个棋子不分强弱，落在棋盘上不多不少就占一个交叉点，落子的优劣完全取决于它与其他棋子的关联，或者说“结构”。由此，关于平等、联结与合作的隐喻或许会生长出来：

> 棋子的意义，只有在与其他棋子不同形式的联结中才得以显现。世界与棋局一般无法预知，当意外来临，我们在绝望面前所能秉持的，除了知识和直面真实的勇气，就只有爱——或者说，人与人之间平等自愿的联结。

如果畅想一种基于女性政治的、“像植物的活力”（费兰特语）的文化，或许围棋里的“吃棋”“攻杀”“大龙”“死子”等话语会被类似于“交替”“延展”“繁茂”“枯萎”这类话语（更可能是还未被创造的话语）所替代；“双飞燕”“金井栏”这样富于诗意的指称会被不断地创造出来，而非在现实中随着棋技的进步反而大量消亡或失去活力。

在那个世界里，“下一盘大棋”的隐喻将不再是少数决策者纵横捭阖、运筹千里，而是所有人平等地相互联结。

在那个世界里，诗歌成为围棋最好的朋友。

仿佛是韦伯所谓的“意义之网”，不同时期的文化将不同的意义编织于围棋之上。如汉代的棋论认为围棋能模拟天道、政治与战争，在魏晋南北朝围棋成为艺术，明清时期围棋于市井文化中显现为技艺与游戏，当代围棋又融入了资本主义下的体育竞技模式。围棋自身的生命与叙述它的语言在这些意义编织的过程中不断生长。围棋本质上的“在语言之外”和“无用性”支撑了意义的不断生发，而一个被语言所规定好的或者“有用的”东西，其意义便被规定所限制了。

另一个支撑其意义生发的因素是“界限”。一个小于七路的棋盘，其中的最优解将被人类理性完全破解，定格为一个纯粹的数学答案；而一个过于巨大的棋盘，以人类有限的理性与时间便不足以理解和完成它。只有一个正处于被人类理性完全破解和无法理解之间的事物，不同文化所生发的意义和语言才能附着其上。

人们对于棋盘之所以是19路这般大小有过诸多解释，古人说它符合“周天之数”，现代人说它“地势均衡”，许多言之凿凿的解释仿佛是为了遮掩一个不愿直面的事实：是人类智力和生命的有限决定了现实中棋盘大小的限度。

多么神奇！只要把围棋盘从七路扩大到九路，稍微扩大一点认知对象的空间，人类有限的理性便无法凭借自身计算直抵答案。更神奇的是，明明连一个小小的棋盘都无法掌握，古往今来的野心家们却试图让人相信他们掌握了关于人类的真理。每当那些宣言被由上而下地固定为单一的声音，公共空间就面临着被挤压乃至消失的命运；当公共空间消失之时，人们往往会逃离到思想之中，用思想和友爱建起最后的堡垒。

逃离，如果是被迫的，或许创造也是。每一次逃离都让我们更加清楚自己不是什么，每一次创造也让

4 界限
BOUNDARY

我们更加清楚自己可以是什么。当原有的秩序崩坏，人们逃到最后的堡垒中，发现许多界限都隐隐消失，一切价值都期待重估。黑暗之中，不知名的花草正破石而出。

围棋历史上的一次界限突破发生在魏晋南北朝时期，在黑暗的政治和连年的战乱中，许多文人隐入山林，转向内在与自然。这个时期，一些新的观念被塑造，许多新的艺术形式被建立，而围棋也在这一时期进入艺术之林，摆脱了汉儒背景下“有用-无用”的价值考问。一些新词跟随新的观念被创造出来，比如“手谈”“烂柯”和“坐隐”，它们将长久地附着于围棋的意义之网上。作为艺术的围棋难以被一个人独自完成，在对弈的思想共鸣中，一种友爱（而非基于亲情的差等之爱）也得以生长。对逃离“现实世界”的人而言，围棋同时容纳了他们的思想与友爱，他们也在无意中赋予围棋以继续被点亮的命运，而非如六博般在历史中消亡（六博与围棋曾并称为博弈）。

逃离与破界并不仅仅是隐逸的自我解脱，它最终会反射于世界之中，成为点亮世界的微光。一张棋谱对核弹的轻蔑，不妨被看作1000多年前的一次逃离的回响。

林棹　Lin Zhao
撰文 / Text

Landscape in the Cabinet

格中风景

035

FIG.1

博斯，人间乐园（1490—1510），藏于马德里普拉多博物馆

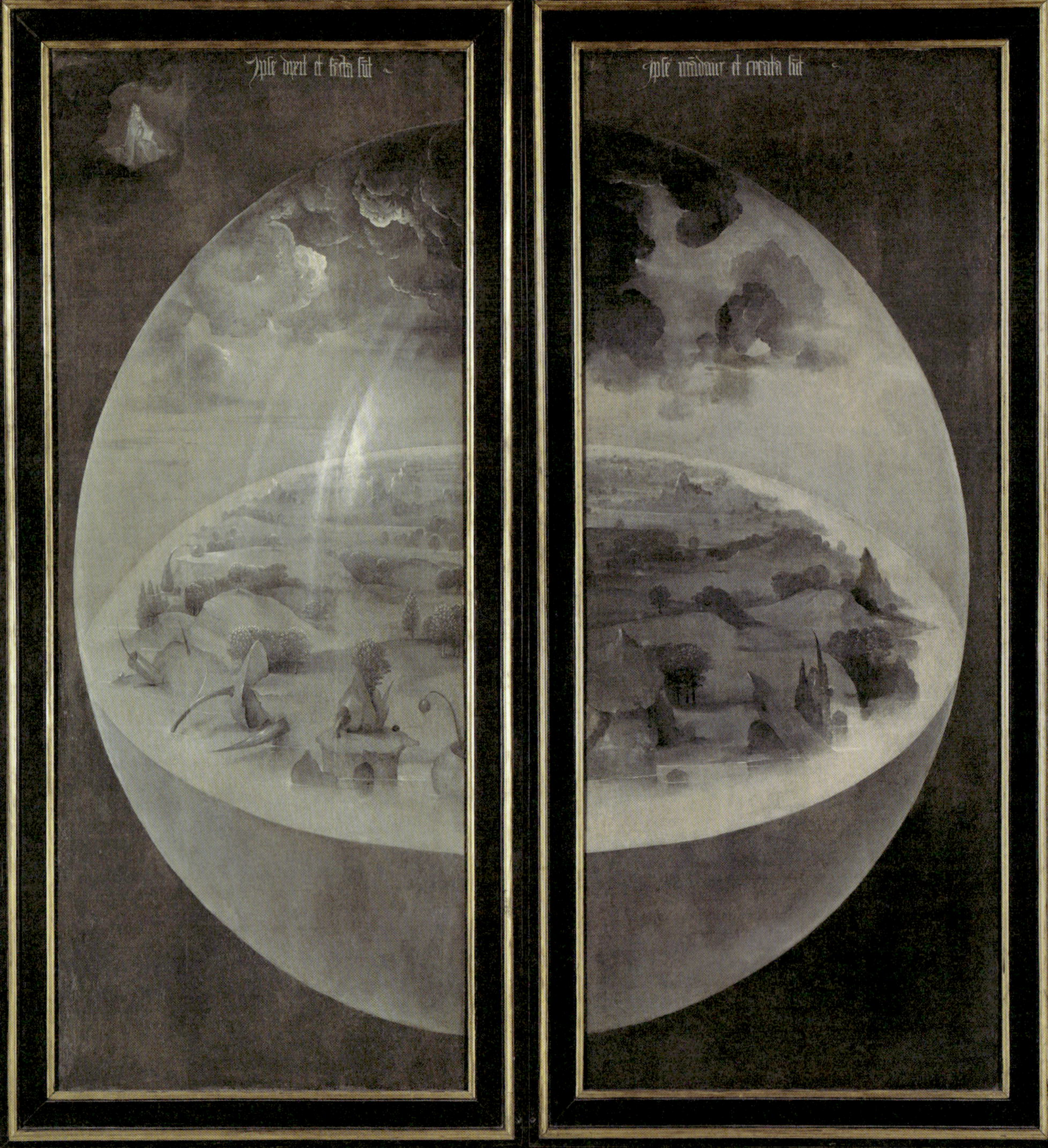

FIG.2
《人间乐园》外部
来源：视觉中国

1451年，热那亚。羊毛纺织工多米尼克喜得一子，起名克里斯托弗。41年后，世界因他改变。一年之前，热那亚以北1000公里外的登博斯，范·阿肯家迎来新生儿耶罗尼米斯。航海日志白纸黑字地记录了克里斯托弗1492至1504年间的四次美洲航行。对《人间乐园》的作者耶罗尼米斯，人们则所知甚少。研究者最终将作画时间界定在1490至1510年：正好同四次美洲航行重合。

早在“哥伦布大交换”的连锁反应接踵而至之前，耶罗尼米斯（后人通常依据他的落款，称他为博斯）已在不朽的橡木板上预示了物种大爆炸的图景。三联格结构，左、中、右依次代表“伊甸”“乐园”“地狱”。“地狱”是前两格的陡然变奏，并像垃圾箱一般，被人造物塞满：乐器、纸牌、兵器、家具、船、冰鞋……及至逐渐向燃烧的天际线隐没的路桥城池。留给“伊甸”和“乐园”的是清洁的原野、结晶的矿物。成百上千的物种，在三联格中实现了涌现（emergence）。

人们可以从两边关上格子。这时他们会遭遇一种寂静。他们将凝视那颗球体，“我们的地球家”，悬浮的、半透明的、云气充盈的。星球、眼珠和卵共享同一种形状。借助三个格子、五个平面，画家完成了这样一种可以开关的盒子结构。开、关、开、关。如此循环。仿佛观者也拥有一双造物主的手，开关之间，完成了对世界的刷新、重启。人们可以一次次直视盒中惊人的涌现（每一次打开，涌现都正在发生），也可以在一次次绝望之后（故事的最后一格总是“地狱”），暂时遁入审判日之后的寂灭，或倒过来，重温创世第一天的希望。在终点和起点重叠之处，人们一再遭遇那颗浮球，遭遇它嘶嘶然的承诺：这新的一次，这又一个新世界，会好的。

无论后人如何刻意或刻意地不经意，都难以再现《人间乐园》蓬勃的生机、壮丽的混乱。那是前哥伦布时代，生发在画中的最后一次涌现事件。1506年5月，躲过了风暴、原住民刀箭和牢狱之灾的哥伦布没能躲过关节炎，死在西班牙一家旅馆的客床上。整整十年之后，博斯去世。《人间乐园》像挽歌，封存着“科学时代”来临之前的原始秩序。

系统是科学时代的先声。麦克卢汉指出，可视的层级结构是系统得以建立的前提。格子，是实现层级结构的起点。

RITRATTO DEL MVSEO DI
FERRANTE IMPERATO

FIG.3
《自然史》（1672 年版）插图页

FIG.4
雄性缎蓝园丁鸟（2022）插画：小星

和树状结构不同，格状结构的单元之间，不必具有从属、递归、嵌套等关系。格子可以向多个方向漫散，格状结构可以支持多元的逻辑关系，同时实现排列、归类、收束。格状结构是系统萌芽期的依凭。

“奇珍格”，是格状思维模式在现实中的投射。“奇珍”（curiosity）一词双关，既指“珍奇之物”，也指“好奇心”“求知欲”，因此“奇珍格”有时也译作“好奇格”。此处的“格”，作为一种格状结构，从细小的桌面墙面摆件（格架、四格柜、小橱），到大型家具（落地多格橱），再到房间（奇珍阁、收藏室）、场馆（艺术馆、博物馆），拥有自由的形式。自由的格状结构，配合“物”的数量、欲望的限度收缩或扩张，可以是富于建设性的、善的，也可能是失控的、危险的、恶的。

当人们试图追溯奇珍格的历史时，那不勒斯博物学者费兰特·因佩拉托（Ferrante Imperato，1525—1615）成为一个绕不过去的角色。他的《自然史》（*Dell' Historia Naturale*）出版于1599年，书中插画再现了他数量庞大、种类丰富的私人藏品，以及那间有着弧形穹顶、被格子塞满的奇珍阁。这幅插画被认为是已知最早的，关于奇珍阁的图像。巨大的鳄鱼标本占据天顶中心，被海洋生物化石及标本有序地围绕。房屋立面也是网格化的，满足了收纳、展示、分类的需求。方块地砖强调了主人对秩序的热情。和《人间乐园》相比，此间之“物”传达着截然不同——甚至是完全相反的意义。

在费兰特·因佩拉托的时代，收藏的风潮正在兴起，欧洲各地的贵族兴致盎然地加入收藏家的行列。这种古老行为的源头可以追溯到我们的人属（Homo）祖先身上，既是行为活动，也是思维模式。当种群的可利用资源达到一定程度的富足时，“收藏”就跃出最初为生存、繁衍服务的囹圄，向智识层面延伸拓展，搜寻、获取、集合、分类、展示、储存、信息交流……也渐渐从私人化、业余化，向公共化、专门化发展。

人类并不是对收藏感兴趣的唯一物种。园丁鸟科（*Ptilonorhynchidae*）底下8属共计27个鸟种，因其雄性的“收藏”行为著名。在人类眼中，雄性园丁鸟们的收藏行为有着异常单纯的目标：争夺繁殖权。

雄鸟们的“工作流程”和人类收藏家的高度相似：建造场地，搜寻物色藏品，获取藏品，分类（布置），展示与交流（求偶）。只不过，每只雄鸟都必须亲力亲为、独立作业，雇不了帮工也靠不了奴隶。缎蓝园丁鸟（*Ptilonorhynchus violaceus*）是园丁鸟科的明星藏家，雄鸟拥有炫目的、泛金属光泽的紫蓝色体羽。雌鸟拥有一双同样炫目的紫蓝色眼睛，身体其余部分以褐色、柠黄色为主。学名种加词“缎蓝”（violaceus），来自和这种鸟儿密切相关的颜色：蓝色。

2016年10月，约瑟夫·C. 布恩（Joseph C. Boone）在昆士兰拉明顿国家公园拍摄到一组照片。一只雄性缎蓝园丁鸟正骄傲地——亦可能是紧张地——站在他精心搭建的奇珍阁当中。两丛枯枝形似拱门或双立柱，由这位鸟类建筑精英独立设计。他凭借一己之力，搜寻、挑选、搬运、清洁建材，逐条搭建，成就了这一精巧建筑。但这只是第一步。接下来，他还必须物色、搜罗“珍品”，手段包括但不限于捡、偷、抢。在现有的各种缎蓝园丁鸟照片中，我们能清晰地看见瓶盖、盖环、勺子、衣夹、糖纸、吸管等人造物，大多是塑料。清一色的蓝。

事实上，蓝色并非缎蓝园丁鸟的唯一选择，而是首要选择。在一去不复返的无塑世界，雄鸟的选项是花朵、果实、矿物等自然物，天然，安全。蓝色在自然界中是罕见色。据统计，已知的约30万种开花植物，只有不到百分之十开蓝色花。也因其罕见难得，以天然青金岩制成的群青（ultramarine），才会成为中世纪欧洲贵极一时的天然矿物颜料。在蓝色资源稀缺的环境中，雄鸟和雌鸟都会接受备选项，比如黄色（雌鸟腹部的羽色）、橘色。塑料制品大行其道之后，缎蓝园丁鸟便毫不犹豫地转投“人造蓝色”的怀抱。塑料制品的泛滥和鸟的选择引发环保和安全问题：寻宝心切的缎蓝园丁鸟，因蓝色塑料受伤甚至死亡的悲剧时有发生。

冒着生命危险，雄鸟一次次地出发、衔回、摆放；他从人类或竞争对手处偷抢，也要时刻警惕，防止到手的阁中珍品被人类或竞争对手夺走；既做猎人，又做保安，疲于奔命，分身乏术。他最终成功了，因此我们得以通过照片，看见他骄傲（或紧张）地站在蓝色收藏前，等待命中注定的女士。雌性园丁鸟将转动幽蓝的眼珠，对同样幽蓝的珍宝挑挑拣拣——她们的蓝眼睛为蓝色而生，是真正的行家。运气好的话，雄鸟的收藏实践（亭阁、珍宝）将为他赢得一次繁衍后代的机会。

人类收藏的动机或许更为复杂。其心理学光谱可以从纯良的“好奇心的激发”“智识的启蒙”“智性愉悦的分享”，跨过“地位、财力乃至权力的炫耀”，以至种种冷血、病态（强迫症、收集癖、囤积症、暴食症）、征服和抢占（掠夺、霸权、帝国主义）。

话语的本能是传播。作为一种叙事话语的奇珍格，也渴望突破空间限制，找到流传、复制的方式和途径。16、17世纪之交，“奇珍画”应运流行。名家奇珍格/阁，借助图像的形式（绘画艺术、印刷术），不仅得以轻快地跨越空间障碍，更实现了对时间障碍的跨越。

安特卫普人小弗兰斯·弗兰肯（Frans Francken

FIG.5
小弗兰斯·弗兰肯，“藏家奇珍阁”系列（1617），藏于英国皇家收藏信托

II，1581—1642）被认为是“奇珍画”的开创者之一。他和同代画家一起，夯实了“奇珍画”的地基。

17世纪上半叶，小弗兰斯·弗兰肯陆续创作了“奇珍阁”系列画作。相同的“藏品”在场景中反复重现，形成一种连续的叙事。谁是藏品的主人？收藏家和奇珍阁是真实存在的，抑或是画家的虚构游戏？

1617年的《藏家奇珍阁》（*The Cabinet of a Collector*）左上角处挂着一只鲎。这种剑尾目生物的诞生时间可上溯至奥陶纪，其外形会让所有人过目不忘。现存的鲎只有三属、四种，被称为活化石：三种原生于东亚及东南亚地区（中华鲎、南方鲎、圆尾鲎），一种原生于美洲（美洲鲎）。

一尾难以辨认的鱼、一只鲎、一件银饰、一柄宝剑，偏安一隅地并列悬挂。银饰和宝剑的纹样提醒我们，它们和鲎都来自东亚。这三件静物因而共享同一种语言、同一个段落。同样的语法在画面中下部再现，也在1619年和1636年的画作中再现：黑芋螺（*Conus marmoreus*）[1] 领衔宝螺、绶贝、骨螺等印度洋-太平洋物种充实了唐风漆盒。

这两组东亚奇珍遥相呼应，它们之间，画面的中轴线地带，是格状排列的画中之画，基督教、弗兰德式风景、食物与标本……纯正的欧洲题材。这种布局传递着显而易见的欧洲中心主义。

画面右侧的门框是格子的一种变形。它将远方时空导入近前：战争在天边爆发，驴头人（反智者的象征）高举棍棒糟蹋“人类文明的珍宝”。这一突然导入的冲突，与前景静谧稳定的结构形成强烈反差，激发了戏剧性。拱门是达成这一效果的机关。门框，包括格子的其他变形（窗框、画框、镜框），不再只是边界，还是虫洞，使得空间可以在透视或并列的趋势上无穷繁殖，天涯之远和咫尺之近可以同时存在。

物的选择，物的陈列方式，构成了以隐语写就的叙事。物的挑选、陈列，同诗人的择词、造句无限趋近。人们在奇珍格/阁和描绘它们的图像中读到新词，学习新词。收藏家往往相信，他们的藏品再现了微缩的宇宙图景、精微的造物规律，但事实上，它们只是宇宙之镜碎散的片面，绝非分形学意义上的“整体的缩小”。藏品是收藏家地位、财力、智力、知识体系和审美趣味的注脚，是权力的示意图。借助格子，主人抹除了藏品的生命，抹除了主体意志和自由，使之静默、失语。监狱是收藏囚犯的格子。防潮玻璃柜是收藏生物尸体（标本）的格子。帝国博物馆是收藏战利品和掠夺物的格子。藏品被迫获得新价值、新语义——主人的价值和主人的语义。

1
广泛分布于印度洋、太平洋地区。成年黑芋螺的尺寸在3至15厘米之间。

FIG.7
小弗兰斯·弗兰肯，“藏家奇珍阁”系列（1636），藏于维也纳艺术史博物馆

FIG.6
小弗兰斯·弗兰肯，“藏家奇珍阁”系列（1619），藏于安特卫普皇家美术馆

19世纪被认为是欧洲博物学的“全盛时期”。这一“盛况”的垫脚石是数量庞大到难以估计的生物的尸骨。这个被“科学之光”照耀的世纪是生物的灾难世纪。剥制标本技术的成熟及其产生的效能，大大激发了杀戮。成批木乃伊流向两个方向：学院、市场。标本为科研提供实证，为大众提供精神食粮，为中产阶级提供装饰和谈资，为艺术家提供素材。鸟类博物画家奥杜邦（John James Audubon，1785—1851）的名言“我开枪，我绘画，我观看自然”今天听来十分刺耳，但在当时绝非孤例。“绅士们”出版各种“行家指南”，津津乐道设置陷阱的窍门，指导弹药的最佳落点（以保证动物皮毛的完好），同时不忘奉劝读者诸君“大可不必因杀生而自我谴责”。

法国人勒鲁瓦·德巴尔德（Leroy de Barde，1777—1828）直爽地再现动物尸体。他用一系列格子封装鸟类、贝类标本，请人欣赏。他的格子以绝对冷漠的姿态吞噬了所有生机。生命的意义被剥夺，只剩下唯一功能：美学功能。此时，画家是独裁暴君。一如标本产业对动物所做的：剥夺生命，取走表皮，填充以草包和防腐剂，填充以“功能”。

FIG.8
库克船长乘坐“奋进号”首次环球航行期间（1768—1771）收集的贝壳，来自巴西、塔希提岛、新西兰和澳大利亚海滩，藏于伦敦自然史博物馆
来源：视觉中国

FIG.9
蜂鸟标本的博物馆陈列柜，最早由英国鸟类学家约翰·古尔德（John Gould，1804—1881）为 1851 年的一次展览建造，藏于伦敦自然史博物馆
来源：视觉中国

FIG.10
哈里·萨沃里（Harry Savory），乔治·洛奇在画室
（*George Lodge in his studio*，1951）
来源：George Edward Lodge Trust

假如勒鲁瓦·德巴尔德的格中尸体并未引发显著不安，我们便要怀疑，是否是艺术的天然特性在发挥作用。艺术既可以充当柔软心灵与残酷现实之间的缓冲物，也可以软化甚至美化残忍。奇珍画、标本画、博物画的观众会被画家的技艺吸引，因画中新物、新知、新世界陶醉。观众将完全忘记发问：那些画中生物真实存在过吗？它们如何被画？它们如何被杀？谁是刽子手？

100年后，乔治·洛奇（George Edward Lodge，1860—1954）选择以虚构的（或换一个词：虚假的）自然天地、自由气息代替老派的、死气沉沉的格子。这位英国画家兼“著名猎鹰人”曾扬言：“为了科学和艺术，杀鸟不必愧疚，因为整个世界都会从中获益。”他笔下的鸟儿总是自由、宁静，总有温柔的雾霭消融了画面的边界；观者找不到格子，甚至找不到一根直线条。而实际上，他的“模特儿”大多是密封在玻璃箱里，被谋杀、被制成标本的鸟类。

在一种科学至上、艺术无罪的普遍氛围中，收藏家的格子冲出小小书斋、小小市镇，搭上帝国霸权的顺风船，吃尽寰宇的一切。当欲望失控并越过某个临界点后，收藏家开始放任手中的格子吃人。

FIG.11
乔治·洛奇，沼泽地的凤头麦鸡（*Lapwing on a marsh*）

20世纪初，位于西班牙巴尼奥莱斯的达德尔博物馆买进一具人类剥制标本，以玻璃柜封装，开始展出。那是一名年轻的萨恩人（Saan）[2]，1830年被剥皮、填充、制成标本。制作者是法国博物学家朱尔·韦罗（Jules Pierre Verreaux，1807—1873）。

韦罗氏是19世纪知名的博物学世家，同时经营博物学相关生意。他们在标本制作和标本贸易领域实力不俗，法国国家自然博物馆也是他们的客户。1830年，家族成员朱尔·韦罗在博茨瓦纳[3]旅行时偶遇一场当地人的葬礼。他在观礼之后，葬礼结束的当夜，盗走死者的皮肤、头骨及部分骨骼，快速完成了主要的填充工作，将萨恩人剥制标本半成品以非法途径运回巴黎。1831年，萨恩人标本在巴黎一个“奇珍阁”展出，80多年之后，出现在达德尔博物馆展厅。

这一真实事件从头到尾透露着残酷。一个又一个格子吞吐那位黑皮肤死者，那位年轻的萨恩人，从坟冢到船运货箱，到私人奇珍阁的橱柜，再到公共博物馆的陈列柜。这一系列格子和吞吐的起点是非法的、耻辱的，是失控权力犯下的可耻恶行。

同样荒谬的是，直到1991年，萨恩人标本仍处于展出状态，一度还被印在博物馆的明信片上。带来转机的关键人物是阿方斯·阿尔瑟兰（Alphonse Arcelin），一位生活在坎布里尔斯的海地裔医生兼加泰罗尼亚社会党议员。阿方斯·阿尔瑟兰得知萨恩人的遭遇后致信巴尼奥莱斯时任市长，提出停止展览、将受害者遗体（而非标本）运返故乡安葬等诉求，引发争议和关注。之后，联合国、非洲统一组织（2002年改称非洲联盟）、博茨瓦纳政府陆续介入。

抗争的艰难漫长得超乎想象。2000年，达德尔博物馆才终于松口。同年10月4日，萨恩人被封进最后一个格子：一口博茨瓦纳制式棺材，上盖蓝黑色博茨瓦纳国旗。他被博茨瓦纳士兵抬送着，魂归故土，安眠地下。此时，距离他经历的第一场葬礼已经过去了170年。

2
非洲南部原住民，主要生活在博茨瓦纳、南非、安哥拉等地。

3
位于非洲南部内陆。

好奇柜 Cabinet of Curiosities

050

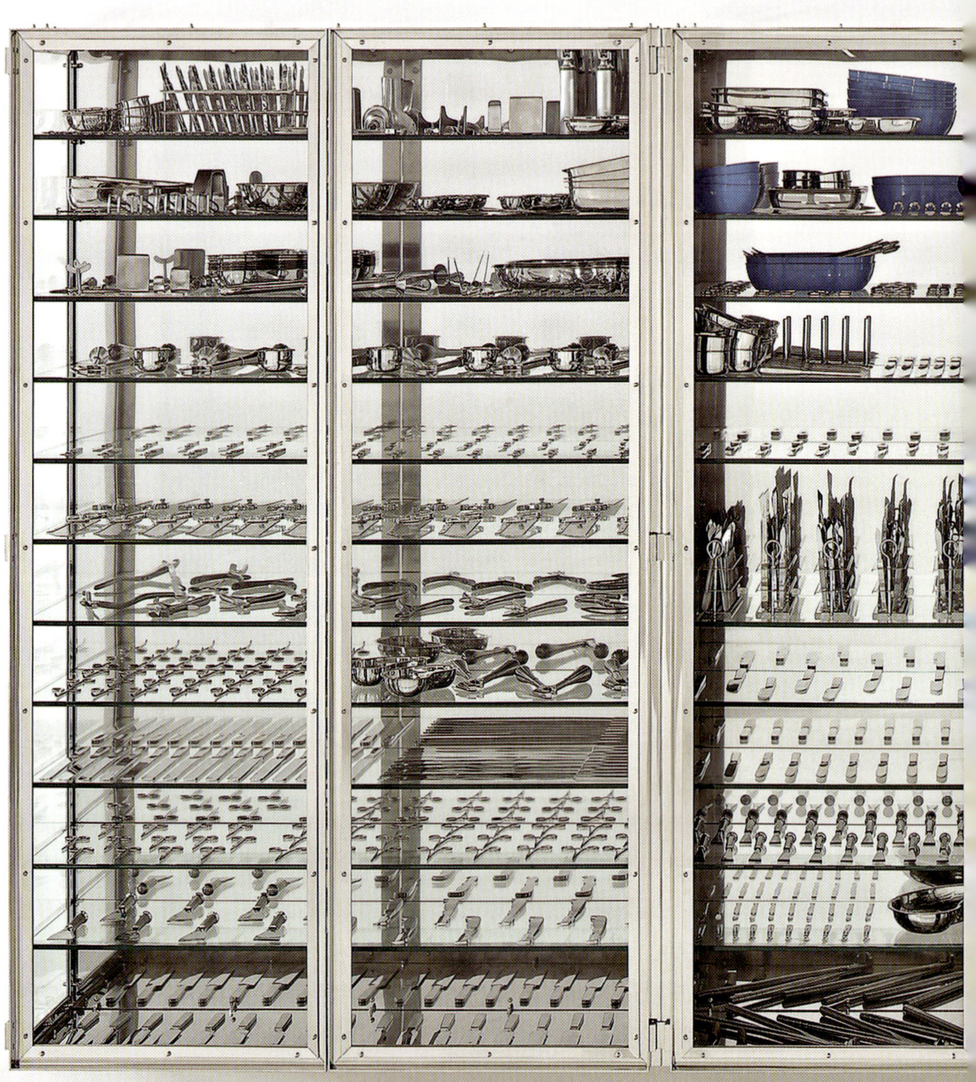

艺术家 / Artist

达米恩 · 赫斯特
Damien Hirst

图片来源 / Images

Photo: Prudence Cuming Associates Ltd 2023.

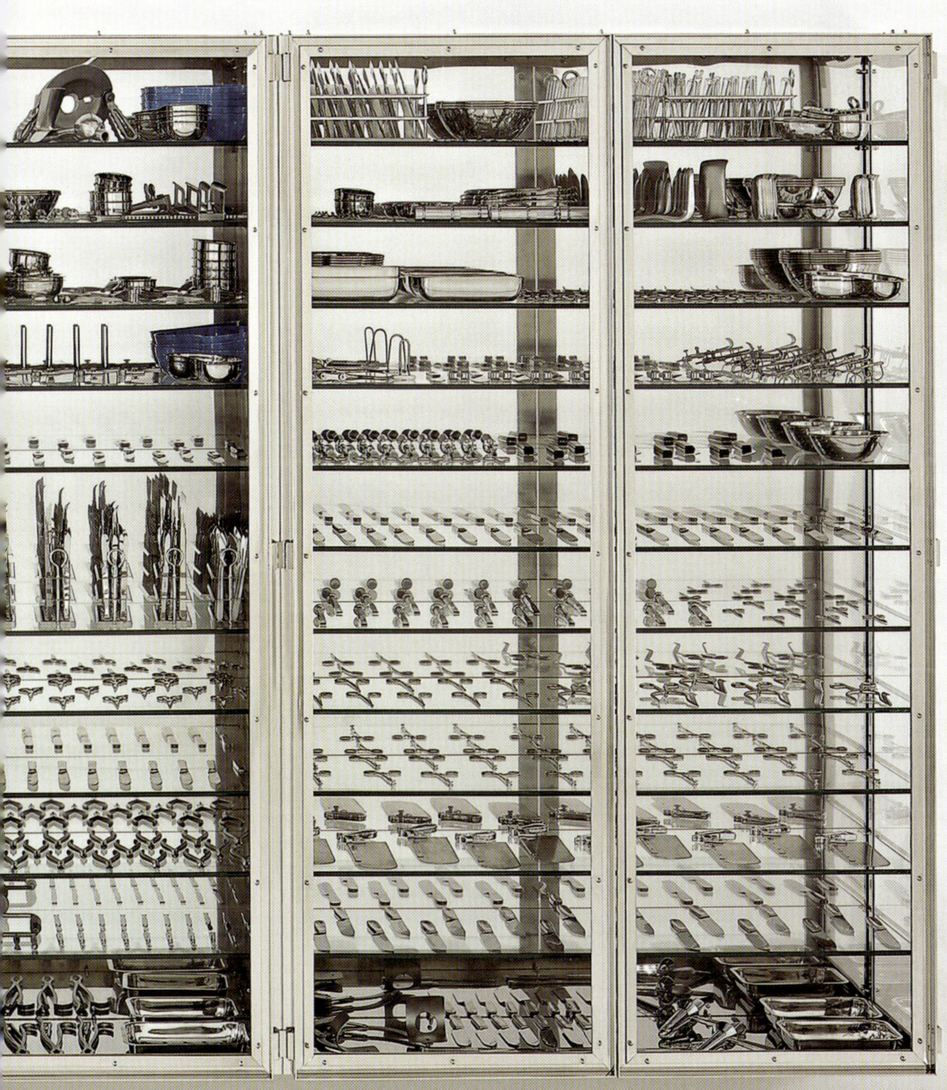

入侵（*Invasion*，2009）

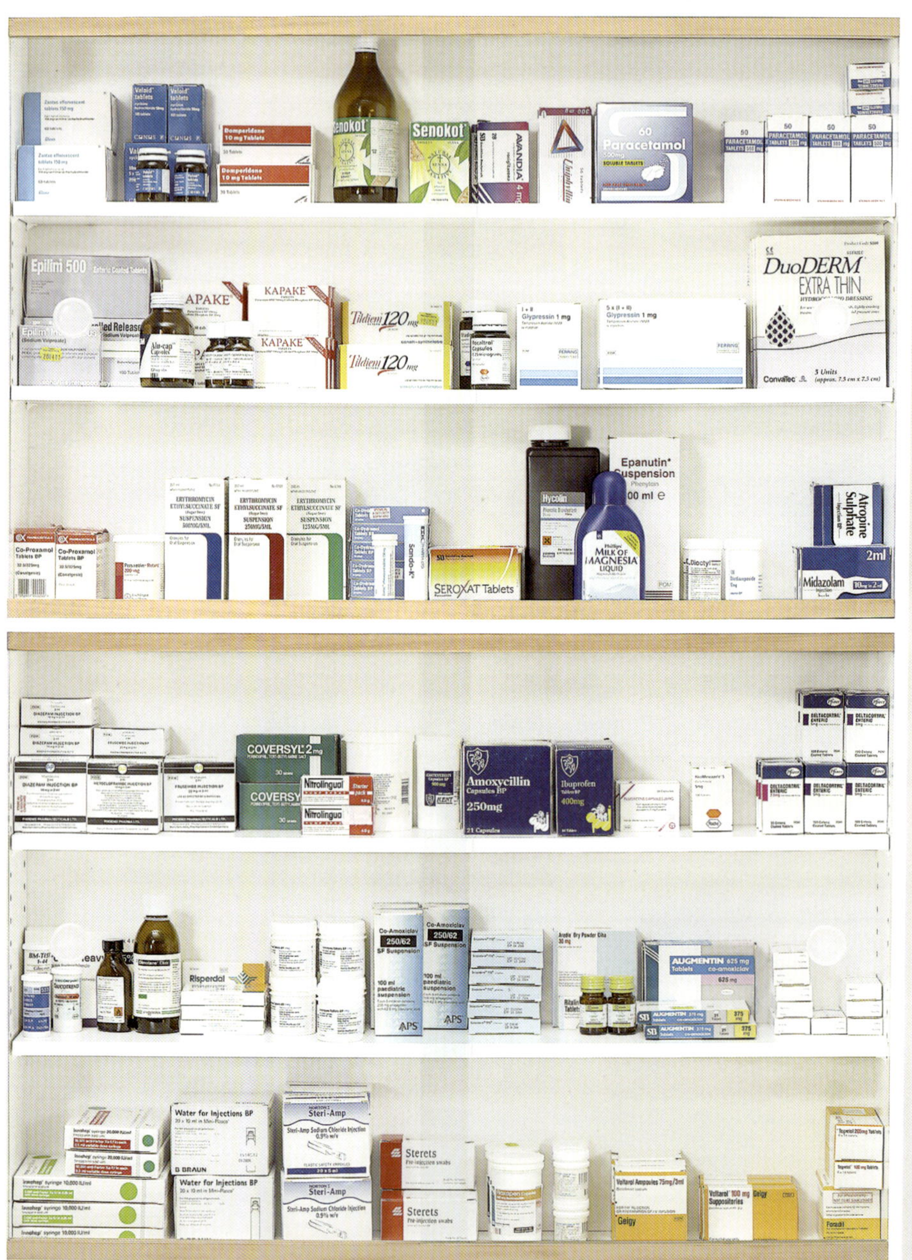
Senokot
Senokot
Paracetamol
Domperidone 10 mg Tablets
Epilim 500
KAPAKE
KAPAKE
Tildiem 120 mg
Glypressin 1 mg
DuoDERM
EXTRA THIN
Co-Proxamol
SEROXAT Tablets
Epanutin Suspension
Hycolin
MILK OF MAGNESIA LIQUID
Atropine Sulphate
Midazolam
COVERSYL 2mg
COVERSYL
Nitrolingual
Amoxycillin Capsules BP 250mg
Ibuprofen 400mg
Risperdal
Co-Amoxiclav 250/62 SF Suspension
AUGMENTIN
Water for Injections BP
Steri-Amp
Sterets
B BRAUN
Geigy

神（*God*，1989）

罪人（*Sinner*，1988）

天堂的碎片（*Fragments of Paradise*，2008）

视觉中国 Vcg.com
图片来源 / Images

胡亮宇 Hu Liangyu
撰文 / Text

The Visual Jungle

VAR、视觉丛林与游戏的人

057

OFFICIAL
REVIEW

FIG.1
1986 年 6 月 22 日，墨西哥世界杯，1/4 决赛，阿根廷对阵英格兰
马拉多纳在英格兰门将彼得·希尔顿前上演“上帝之手”

FIG.2
2017/18 德甲第 7 轮：门兴格拉德巴赫 2-1 汉诺威 96

很多人大概都会同意，足球史上最经典的瞬间竟是一次判罚错误。1986年6月22日，在墨西哥世界杯四分之一决赛阿根廷对阵英格兰的比赛中，在阿兹台克体育场数万名球迷的见证下，马拉多纳高高跃起，用手将球攻入英格兰队的球门。由于动作快速且隐蔽，加之缺乏必要的技术手段，裁判判定进球有效，帮助阿根廷取得胜利。在马岛战争后萧瑟的氛围中，这一错误的判罚为阿根廷在球场上扳回一城。事后面对媒体的质询，马拉多纳做出了一个更为经典的回应：“这球一半来自我的脑袋，一半来自上帝之手。”

“上帝之手”这一足球史上的公案提示出关于足球乃至全部现代体育的秘密之一：错误的判罚从来都是比赛的一部分，竞技体育快感/痛感机制的必要因素，正是赛场上全然不可预测的偶然性。近年来随着科技的发展，特别是技术手段在体育赛事中的持续介入，比赛判罚的公正性得到了前所未有的提高，赛场上由裁判引发的“冤案”“惨案”的发生概率以肉眼可见的速度下降。与此同时，比赛的偶然性和戏剧性也开始衰退。

若是对这些技术手段稍作考察则不难发现，它们大多集中在对人类视觉能力的增强，既是针对比赛进程中的参与者（特别是裁判），也是针对比赛转播手段及其观看者的“现实增强”。任何一位完整地看过一场足球比赛的人都会有清晰的体会，当人面对屏幕上的比赛时，便是面对数十台摄像机机位交相呼应后生成的复杂影像，面对一套关于体育的独特视觉语言，它由各种回放、特写、高清慢动作共同构成，而最近几年西甲、英超等重要联赛甚至开发出用大光圈和深焦镜头近距离拍摄球员的某种“电影模式”。总而言之，当今的体育赛事，特别是足球比赛的影像转播，早已是一个被多重视线所共同凝视、交织、切割的视觉丛林。从踏入球场那一刻起，球员们便将始终处于多台摄像机、众多人眼和无数块屏幕所共同编织的视觉网格之下，他们的每次触球、奔跑、起跳，都清晰可见，无处遁形。

在诸多新技术中，最为人熟知的或许是以下两种。其一是所谓的“鹰眼挑战”（Hawkeye Challenge），通过高速摄像机对比赛用球进行影像捕捉，在计算机中生成三维图形，即刻投射在先前精准测量的场地模型边界上。这一即时回放技术常被运用于网球、羽毛球等赛事中对于球

FIG.3
2018 世界杯小组赛 C 组：法国 vs 澳大利亚
裁判看 VAR 后判罚点球

是否出界的判罚。自2014年巴西世界杯起，它也扩展到了足球比赛中的门线球判罚。在此之前的一段时期内，这一技术的肉身形式是一位佝偻着腰、多少有些滑稽地守在球门一旁紧盯球门线的裁判员。其二则是所谓的视频助理裁判系统（Video Assistant Referee，简称“VAR”），从2016年世俱杯开始，这一技术已被广泛使用于各大精英足球赛事，2018年的俄罗斯世界杯，更是正式宣告了足球世界VAR时代的来临。相较之下，VAR技术影响力更大，意义更深远，争议也更多。

人们对于以上两种技术手段的讨论，往往缺乏对二者媒介特性的必要区分。简言之，鹰眼技术是依赖计算机图形算法的成像，而VAR则是提供了现场画面的不同角度、速度的真实影像回放，以协助裁判进行判罚。前者是即时的、黑箱化的，而后者则同步于比赛进程，回放画面会在直播中呈现给观众。对于最终的判罚而言，前者的生成过程可以没有人的在场，而后者仍然取决于人（裁判）的决断。

此二者的发明和使用，都服务于长久以来人们关于竞技比赛主体权利平等和机会均等的朴素想象，认为技术的提高，可以最大限度上消除比赛过程中由于人的因素所造成的不公正结果。可以说，关于体育比赛公正性的最终实现，已经趋近于一种纯粹的技术主义热望，期盼技术能够最终抹除人的行动痕迹、视觉盲区，以及球场上所有幽灵般的因素。就VAR在足球比赛中的表现而言，短期内的成果是有目共睹的，根据《卫报》的统计，2019年英超的判罚正确率达到了94%，而在2018年俄罗斯世界杯通过VAR检查的335个事件中，判罚的准确率达到了99.3%。

关于在何种情况下可以使用VAR，国际足联给出了四条非常明确的指示：进球是否有效，点球判罚是否准确，是否出示红牌，纠正错误判罚。VAR使用的宗旨，则是“最小介入，最大效益”（minimum interference, maximum benefit）。需要追问的是：代价是什么？如今足球比赛中一个最为常见的画面，乃是球员在进球后无法立即庆祝，需要谨慎地收敛自己的激情，像体操和跳水运动员那样，在一旁静静等待裁判的最后决断。如果只是场上的22人忍耐这一痛苦也就罢了，场内五六万名球迷也必须做好时刻回收喜悦的准备。此时若裁判决定行使采用VAR的职权，整个过程将会被更加残酷地延宕数分钟之久，比赛画面也就变得更为怪诞：数万双眼睛凝视着裁判，而裁判则俯下身来，在场边聚精会神地凝视着一块小小的屏幕，所有的喜悦和失望，在空气中悬停、凝固。可以说，VAR最直接的一个影响，便是打破了足球最为仰赖，也是最引以为傲的比赛流畅性，这并非是由于类似NBA转播时无休止的广告和暂停，而是出自对于公正的需求。

比赛节奏之变的背后，是这一技术在当下历史阶段的使用中依然存在的多个悬而未决的问题。一个简单的事实是，VAR并不判罚，它只是提供影像，最终判罚的决策权仍掌握在主裁手中，使用权也掌握在裁判手中，只要裁判愿意，他们可以无节制地使用VAR，或是干脆不使用VAR。足球比赛中的双方并不如网球选手那样，对技术拥有一定程度的主动使用权，使用技术、实施判罚、确立公正的权力，仍然集中在裁判这一单一主体身上。这也是为什么在VAR发明之后，仍然有大量的球员、教练和球迷纷纷表达不满。足球史上的另一判罚惨案——2010年南非世界杯英德大战中被吹掉进球的英格兰名宿兰帕德，作为误判的受害者，依然对VAR的使用持保守态度，认为裁量标准的不统一，很可能会带来更大的问题。凡此种种，背后的隐忧无非一点：在没有完善技术的

FIG.4
2018 俄罗斯世界杯前夕，视频助理裁判操作室

使用权限之前，主裁仍然是球场上的独裁者，只是手中有了更为先进的武器。与世间的诸多事情类似，集权往往以放权的名义施行。

另一方面，VAR的在场也会反身影响裁判员的自主性。每当争议出现时，球员都会围着裁判讨要说法，为了尽快摆脱这一“集体民主”的境地，常见的现象是，一部分裁判便以此为由，轻轻松松地放逐了自己为数不多的主体性，开始无休止地使用VAR回放，将比赛进一步切割得支离破碎。据统计，每次VAR回放的时间平均为65秒左右，其中最长的时间多达5分钟之久，伤停补时的时间也被相应地延长，而利物浦主帅克洛普的反对意见也集中于此，他认为VAR的使用会让“球员体温下降，不利于比赛状态的保持”。更不用提，在很多水平一般，但用得起VAR系统的联赛中，裁判即便看了正确的影像回放，也无法做出正确的判罚，在众目睽睽下改判、误判、错判、维持原判，在事实上造成了更大的不公正。VAR画面和主裁判相互扇脸，主裁判和边线裁判相互扇脸，最终是双方教练、球员互相扇脸，这样的场景在中超联赛的赛场上屡见不鲜，令人痛苦，也令人莞尔。其实，一定程度上的“测不准原则”在足球世界长期以来是被默认的，好的裁判往往会通过有意的平衡吹罚来维持比赛的公正性。科里纳、埃里佐多、里佐利都是其中的佼佼者，而他们过往的判罚，似乎并不会让人庆幸自己置身于一个拥有VAR的时代。

历史性地看，每项新技术的工具价值的实现，必将伴随着长期的完善过程，现阶段关于VAR的争议，很可能也仅仅是人们在适应过程之中感受到的阵痛。不过，足球从来都不仅仅是体育，同时也是资本和文化的游戏，足球的一系列天然的社会参数——阶级、种族、性别，也应当被纳入关于这次技术变动的反思之中。事实上，至今为止，VAR的使用分布仍然是一个高度不均衡的局面。以2018年俄罗斯世界杯为例，赛会组织者为每场比赛设置了33个电视转播机位，其中包括8个超慢动作摄像机位、4个极慢动作摄像机位、2个专门用于判罚越位的摄像机位，而在专门为VAR开辟出的视频操作区，配备有1名视频助理裁判、3名视频助理裁判助理，以及4名专业的视频重放员。以此标准，根据研究者的估算，VAR技术单套设备的引入成本在1000万元人民币以上，而其中人工、培训、设备维护的成本更加高昂。这也正是为什么这一技术目前只存在于最高水平的男性足球联赛——换言之，我们对VAR的理解和认识，从开始便是一个不均衡的“可感性分配”之结果，其背后根本性的基础设施建设，仍是欧洲作为资本和技术的中心，世界其他地区作为人才储备和潜在市场的全球足球权力版图。VAR的使用仅仅存在于欧洲、美国和东亚等“全球北方”国家，同时作为“全球南方”国家和足球强国的阿根廷，则是从2022年开始方才初步推广VAR，便冒出类似于“VAR操作系统仍是Windows 95”这样令人心酸的新闻。更容易忽略的是，全球至今没有任何一国的女足联赛引入VAR，从2019年开始，英国女性球员便不断发声，认为VAR对于社会关注度和资金都极为有限的女足比赛来说，实在是太贵了。可见公正也是有其代价的，而这代价既包括金钱，甚至也包括了某种持续的不公正。

与被技术日益消除的偶然性相关联的另一个事实，则是技术和足球与生俱来的社会属性之间的张力。足球从来都是被啤酒、激情、对抗和狂热所包裹的大众文化，在革命消逝的年月，足球成为工人阶级的盛大狂欢，它天然携带的偶像崇拜、社群认同和民族情绪，也一次次直接化身为社区和社区、城市与城市、国家和国家之间的微型战争。至今人们还记得利物浦主帅香克利的社会主义情结，巴萨与皇马的每一次比赛牵引出的统一与分离的政治议题，以及凯尔特人和流浪者的“苏格兰德比”背后所显影的宗教与民族对立。VAR在为球迷勾勒出一幅公平公正、井然有序的未来图景的同时，似乎也在呼唤一种安稳清亮、行止有礼的新秩序，这不仅与足球这门运动内置的情感结构和文化惯习构成冲突，更是在遥远地响应着更为普遍的去政治化氛围。2021年11月，在一场巴西足球联赛中，主场作战的格雷米奥队遭遇了两次VAR的不利判罚，先是被吹罚点球，紧接着自己的进球被吹无效，导致最终输掉比赛，深陷降级区。愤怒的球迷冲进场内表达抗议，首先便砸毁了场边的VAR设备——对，正是那台数次吞噬了球场所有激情和意外的小小屏幕。这或许是历史上第一次球迷与VAR展开的字面意义上的贴身肉搏。

回到视觉本身，一个可预见的长久影响恐怕是，新技术在体育比赛中的介入，最终会将人们的视觉切分为更容易测量和控制的细小网格，让人被迫去习惯每个像素包含的绝对工具理性。当然，也会去习惯中断的比赛，习惯多角度的回放和升格画面，习惯人依然作为公正的裁决者，以及技术对人身体的那些未经质疑的形塑性力量。正如我们无法从一位AI新闻主播那里获得任何新闻播放过程中人性的瞬间流露那样，或将终有一日我们不再期待足球的人性，不期待会有人像蝎子摆尾般用后脚跟击出从天而降的足球，不期待一个人从后场启动连过数人射门得分，不期待禁区中的横冲直撞，因为这些都可能被技术随时追认为非法，人的肉眼只能去适应那些精准、高效、一致，却又毫无个性的球员和比赛。似乎应该对足球和人怀抱信心，对公正的抵达保持乐观，但技术对肉眼的暴政，便是必然对偶然的暴政，应然对实然的暴政，一项由人参与的游戏，又是以人的消除为前提——而这不正是今日世界的日常现实吗？每一次人们说足球即人生，这句老话都有着具体微小的变奏，而今日则又添了一层新的意涵，只因二者再度分享了同一个无解的处境：当技术每一次严厉地望向我们的时候，我们无法报以同样强度的回望。

FIG.5 2022 卡塔尔世界杯 F 组：比利时 vs 摩洛哥

OUT
OUT

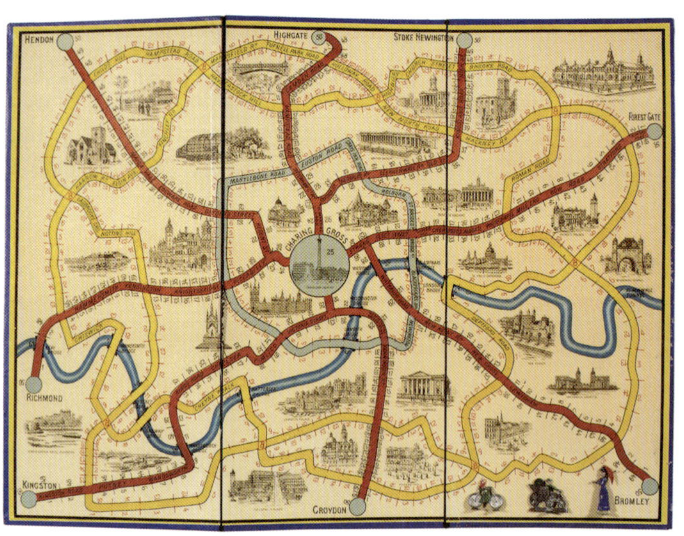

FIG.1

Greyhound Racing, by Glevum Games. UK, c. 1930

FIG.1　伦敦漫游

最多八名游戏玩家从伦敦郊区的不同起点出发，向特拉法加广场的查令十字路口前进，开启充满未知和惊喜的城市漫游。右下方的游戏玩家中有一位打着阳伞、穿着束胸衣的女性引起了我们的注意。她是当时少有的漫游女子，正以凝视的目光打量这个并非为她定制的世界。

FIG.2　西印度群岛的海盗与商人

这个游戏促使我们重新审视海洋和海盗。海盗最早是殖民者眼中的“他者”，他们代表无序与野蛮，需要被征服、被惩罚、被教化，为殖民正当性和合法性提供了基石。如今，海盗成为主权国家外的溢出。对海盗的惩罚或可看作全球反恐战争的雏形，让无限的军事扩张合理化。

THE PIRATE

AND THE

TRADERS OF THE WEST INDIES.

West Indies, is a name given to a great number of islands in the Atlantic ocean, which extend across the entrance of the gulf of Mexico, from the north-west extremity of the Bahama islands, off the coast of Florida, to the island of Tobago, 120 miles from the coast of Caraccas. The most important are the *Bahama Islands*; the *Great Antilles*, or Leeward islands, viz., *Cuba*, *Jamaica*, *St. Domingo*, (or *Hayti*), and *Porto Rico*; the *Smaller Antilles*, or Windward islands—viz. Barbuda, Antigua, Guadeloupe, Dominica, Martinique, St. Lucia, Barbadoes, Grenada, Tobago, St. Kitt's, St. Vincent, and Trinidad. Of these islands, Cuba and Porto Rico belong to Spain; Guadeloupe and Martinique to France; and St. Domingo is independent. The rest belong chiefly to Great Britain.

The principal productions are sugar and coffee, of which they furnish the chief supply to the markets of Europe. Cuba exports largely of tobacco.

THE GAME.

The Traders, who are four in number, and may be increased to many more, are supposed to be trading between the West India Islands and other countries, and are about to start on their voyage from certain places on the coast of Mexico and in the Carribbean sea. These places are indicated by four letters, (each in a circle) A. B. C. D., and each trader has a mark corresponding with one of these letters.

The pirate, who is here supposed to infest these seas, and to attack or capture the traders on their voyage, has his retreat marked on the coast near to New Orleans, and from this spot he starts at the beginning of the Game.

RULES OF THE GAME.

I. The players are to draw lots for the choice of Pirate, (the red figure or pawn) and the respective marks. Each, excepting the pirate, is to put four counters (or pieces of card) into the pool at the commencement of the game; and each to place his mark on his starting place.

II. Let A. begin the Game by spinning the totum, and according as it turns up he is to move his mark from his starting place to the next crossing of the lines, viz: *Upwards* or *North* for *N*; *Downwards* or *South* for *S*; to the *Right* or *East* for *E*; and to the *Left* or *West* for *W*. Some sides of the totum having two letters, the player has the

RULES OF THE GAME.

choice of moving in a direction according to *either one* of these letters. For instance, if it turn up N.W. he can move either to the north or to the west, but only in one of these directions. The pirate moves, from the *Pirate's Retreat* to the next crossing, after A has moved, according to one of the directions of the totum then turned up by that player.

III. The other players or traders, B. C. and D. follow in succession, each moving his mark or vessel in the same manner, from his starting place, after he has spun the totum and turned up the direction he has to take. Every time the totum is spun, the pirate moves in one of the directions the totum turns up, but not until the player has made his movement. The game is then continued by the players spinning the totum in their turn, and moving accordingly, and succeeded each time by the pirate.

IV. No player can move along any of the double lines, or on to the border of the map, but in such case would be wind-bound, or prevented by the land, and must wait his turn to spin again. On all occasions when he cannot move, he pays one counter to the pool. Though the trader does not move on these occasions, the pirate can move each time the totum has been spun, provided it be not along the double lines or on to the border, which also prevent him.

V. When the pirate cannot move, he is to pay *two counters* to the pool, and when he moves on to any of the circles marked Game, he takes *three counters* from the pool.

VI. When the pirate can move to a crossing occupied by a trader, the latter is captured and thrown out of the game, and has to pay *eight counters* to the pirate.

RULES OF THE GAME.

VII. When a trader moves to a crossing occupied by another, the two change places with each other, and when a trader can move to a crossing occupied by the pirate, the latter has to pay the trader, who captures him, *twelve counters* for ransom and *six counters* to the pool, and return again to his starting place if vacant. If the place be not vacant, all the players return to their starting places, and the game is recommenced, leaving the pool untouched.

VIII. The trader who is removed by another trader, to a place having a reward or fine attached to it, neither takes the one nor pays the other. Nor does the pirate, on any occasion, become subject to these rewards or fines.

IX. When a trader is in the Isle of Pines, or his own port or starting place, he cannot be taken by the pirate.

X. When a trader gets to a crossing which directs a movement to No. 1, 2, or 3, and the place at the time is occupied, he remains at that crossing till it is his turn to spin again, and does not make the movement. If the pirate be so directed he changes places with the occupier.

XI. When any one of the traders reaches a crossing having a circle marked "Game," he is the winner, and takes the contents of the pool. Should the pirate, in the course of the game, capture all but one trader, the uncaptured trader takes half the pool, and the other half is left towards forming a pool for a new game.

FIG.2

The Pirate and the Traders of the West Indies, published by William Spooner. London, England, 1847

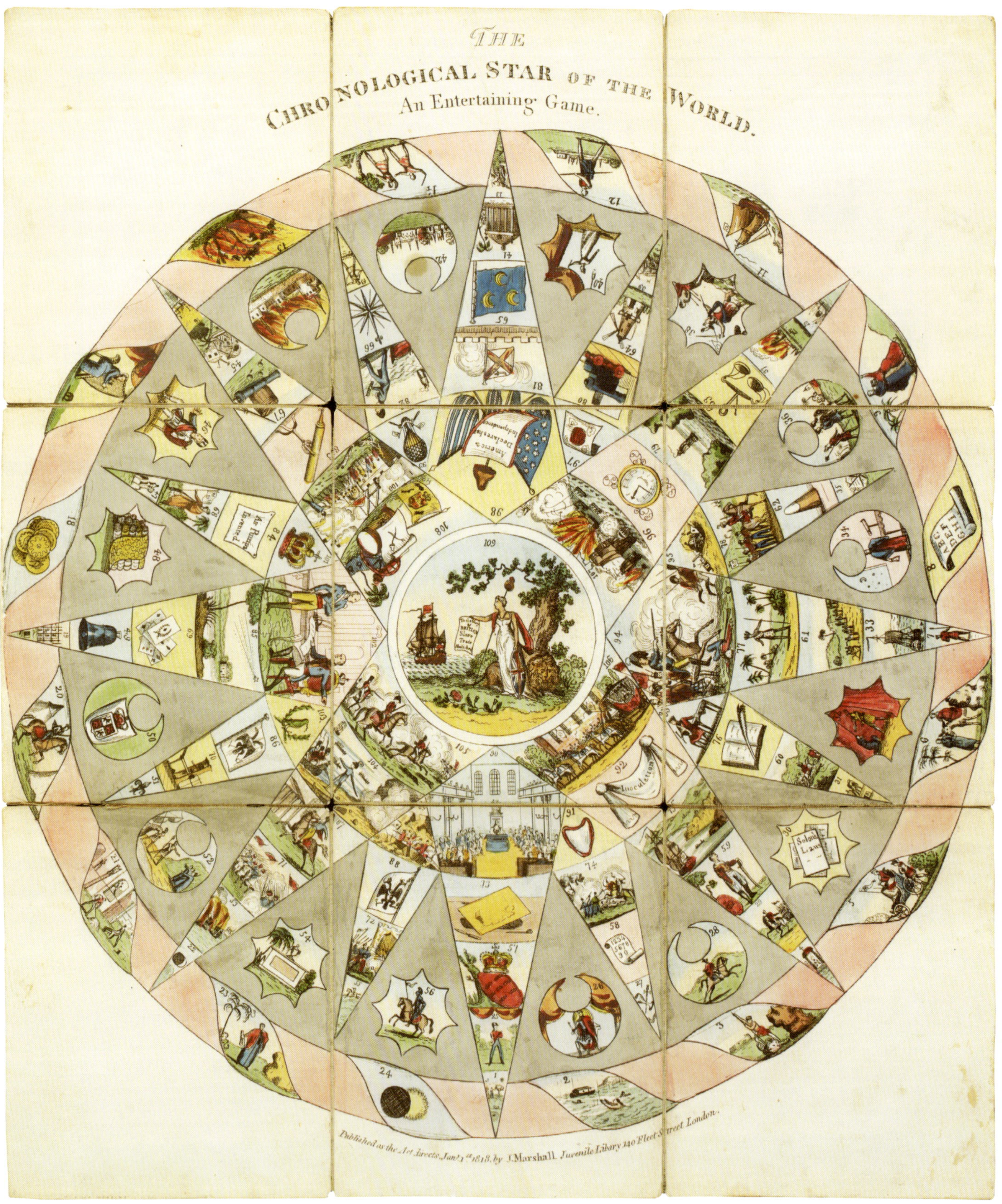

FIG.3

The Chronological Star of the World, An Entertaining Game, published by J Marshall. England, 1818

FIG.4

FIG.3　　世界编年史之星

在一个对进步和历史的目的论丧失信念的时代，我们又要如何讲述世界历史？从伊甸园走出的人类，经历了文字的发明、地理的发现，最终走向自由和光明的未来。但辩证的螺旋始终在拧转，“文明之路”也是鲜血铺就的，帝国的荣耀也是他国的苦难。

FIG.4　　新版环球编年史

在新版的环球编年史游戏中，人类依然从伊甸园出发，但在历史的尽头，一列火车取代了女神或者国王。火车既是现代性的象征，也是平等的象征，它超越了神启和个人的智慧，载着全人类向前驶去。

Wallis's New Game of Universal History and Chronology, published by John Wallis. London, England, c.1840

FIG.5

The New Game of Virtue Rewarded and Vice Punished, published by William Darton. London, England, 1818

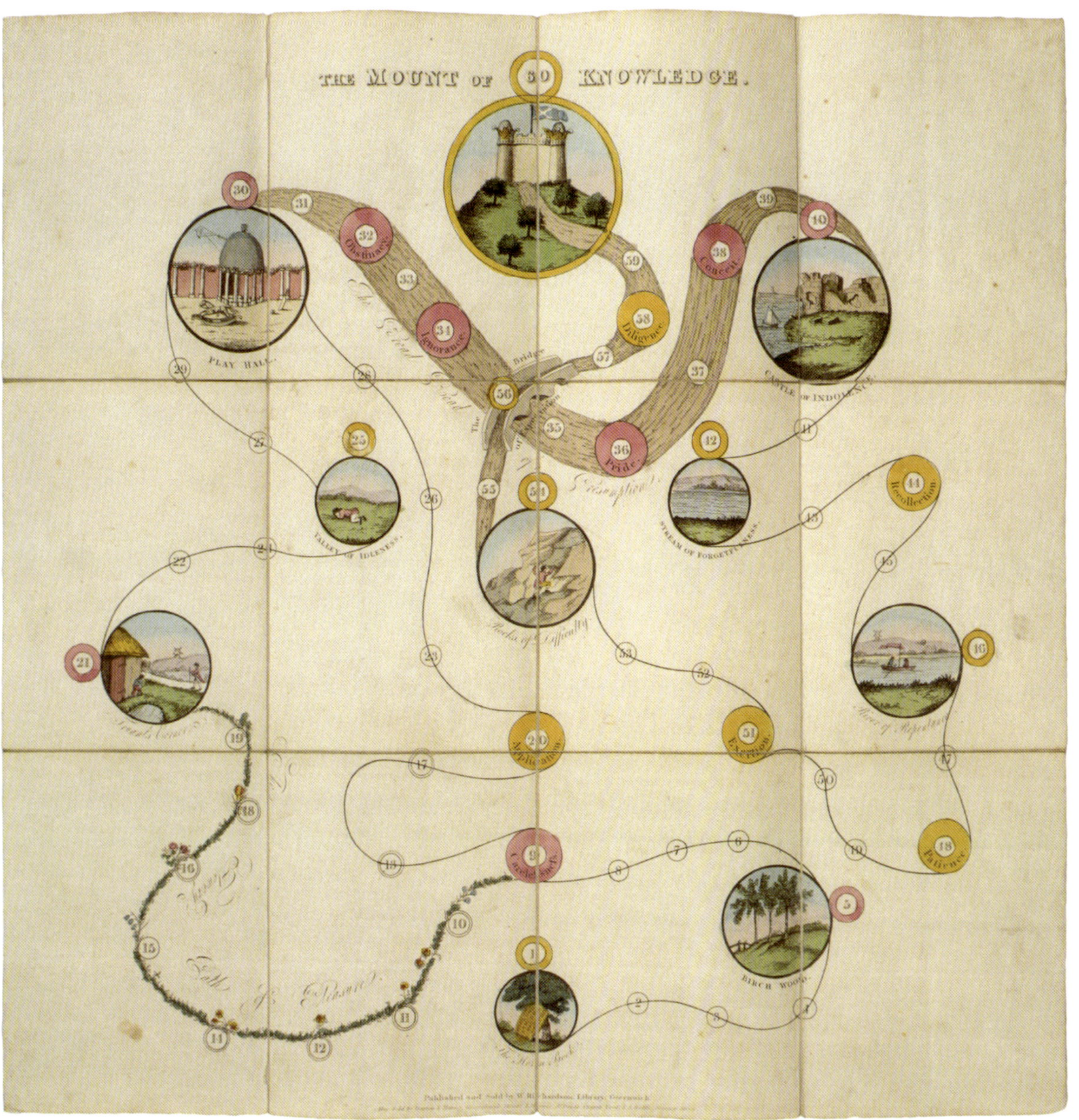

FIG.6

FIG.5　　善有善报，恶有恶报

这是一个看似井然有序的简化世界，善与恶并存却又泾渭分明。如果你仔细观察，会发现这个华丽的游戏由中世纪基督教的美德目录和伦理片段拼凑而成。而道德游戏的自相矛盾之处也相当明显——这个游戏也是为了赌注而玩的，运气不好的人被榨干，获胜者并不会高尚地分享奖金。

FIG.6　　知识之山

通往知识城堡的道路蜿蜒曲折，穿过树林、花径和山崖才能最终抵达。尽管这一游戏美丽优雅、富有诗意，但它所呈现的教育方式在今天看来是十分残酷的：学生挨打是理所当然，尤其是在求知之路的起点。从中我们可以看到教育学改革的艰难，尊重儿童的完整性和尊严任重道远。

The Mount of Knowledge, published by W. Richardson, John Harris & John Wallis. London, England, 1800–10.

FIG.7　东方旅行者

世界观塑造了游戏，游戏也塑造着人的世界观，绘制着人们头脑中的想象地图。这一游戏呈现了欧洲对东方的“集体白日梦”，地图周围的36个格子无疑是殖民故事，彰显着对维多利亚女王统治初期大英帝国的颂扬。英国人甚至可以在家中完成这次旅行，从游戏中满足愿望和优越感。

FIG.7

L'Orient or the Indian Travellers, A Geographical and Historical Game, published by David Ogilvy. London, England, 1845–47

郭博雅　Guo Boya
撰文 / Text

Restrained Freedom: 网格城市

A Brief History of Urban Grids

073

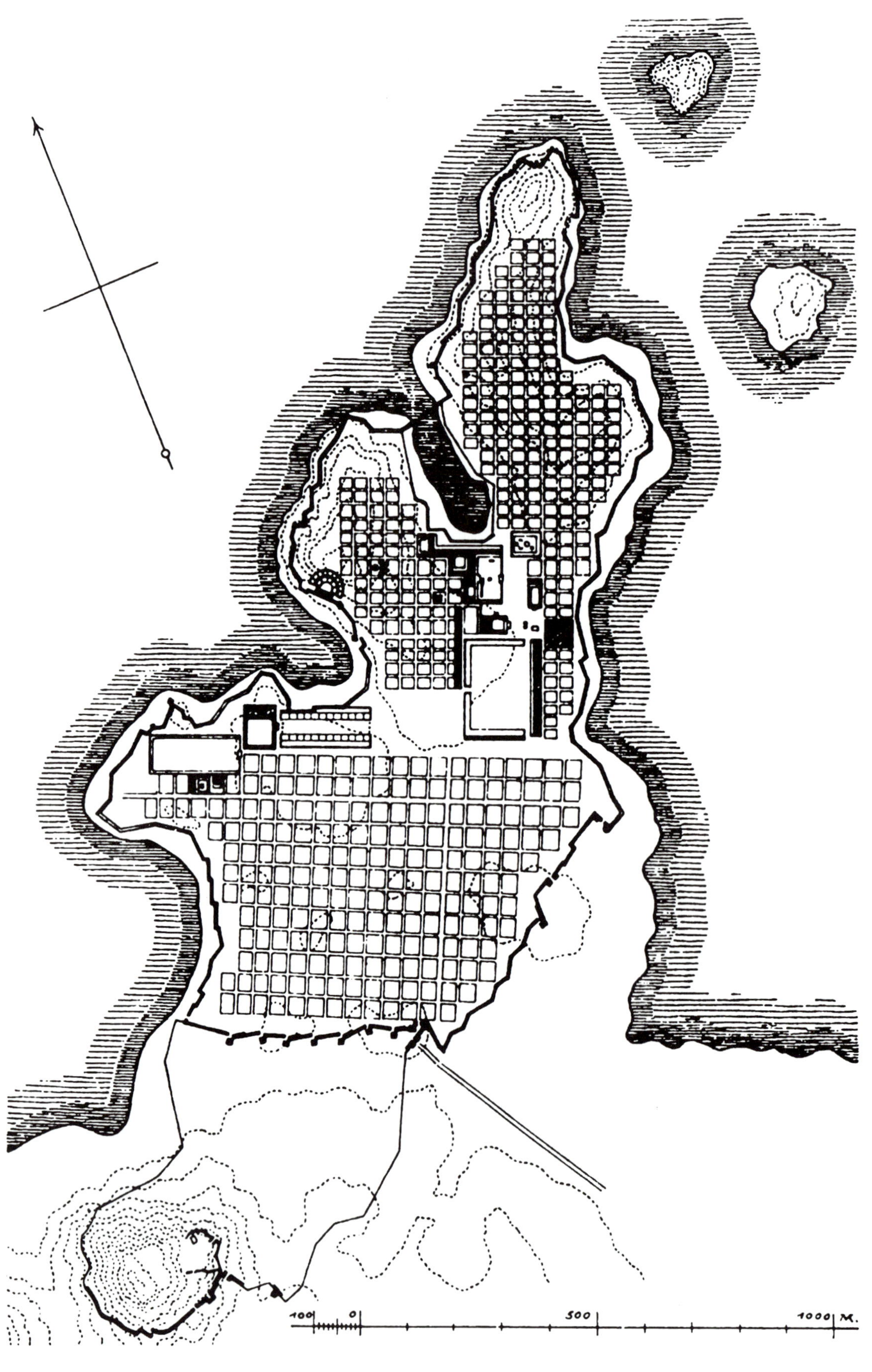
100 0 500 1000 M.

FIG.1
古典时期的米利都网格规划

尽管看似无趣、普通，网格城市也有它自己的历史。网格城市的大半个历史是一部书写着剥削和控制的殖民史，但在当下，我们如何去理解网格城市这样的遗产，或应该对其做出怎样的文化实践？当殖民主义和现代主义的灰霾逐渐被拨散，当格子及其社会内容和文化内涵是开放和动态的时候，它也是生产连续性和多样性的强大动力。

在一个以网格划分的普通城市里，好像一切都是可定位和追踪的。你凭借路牌、街角店面的招牌、建筑物的形状材质和熟悉的垃圾桶辨别位置。格子仿佛已经成为一种人类城市生活的“肌肉记忆”：早先的文明早已将一种可控和理性的城市建设和管理模式变得司空见惯、炉火纯青。一个空间上貌似均质的棋盘式城市往往是孩童调动感官记忆的起点，他不得不靠一些自己创造的特有的标识来准确找到自己的目的地。在规律中找到差异并建立起一套差异的比较系统，是每个孩子内心建构世界的方法。这样的标识系统也不停地在自我迭代中。从街边摊贩食物，到户外游戏世界，到伪装成熟的青春文化活动和那些深藏秘密的地点，一个多重的时间宇宙在格子间被无限展开。格子城市好像铺满密码的拼图游戏。每天真正的数学习题开始和结束于对路径的100种规划：在哪些格子的边缘行走，可以最大化今天的乐趣？而当格子题做完的时候，天也黑了，街道两旁散发出不同气质和故事的味道（你甚至知道有一片地区钟爱炝炒土豆丝，或者可以在一片白米饭香气中准确地定位出哪家在做红烧牛肉）。而这些不同感官形成的“都市景观”，成了格子城市的坐标锚点。

对于那些习惯于在格式化的朝九晚五工作时间之外找乐子的人来说，没有人会希望自己的城市是平庸和无趣的。摇摇欲坠的城市生活所象征的流动性和不稳定性，是吸引一批又一批逐梦者的毒药。格子城市提供了一种生根在规则网状图底上的多样生活，在规则和冲破规则中保持着谨慎的平衡。我们之所以对网格着迷，是因为它决然不是自然产生的生活方式，而是一种带有限制却保持弹性的存在。用一句并不合时宜的运动广告语来类比网格城市：自律才能自由。

格子是古今中外营城的最普遍的方式之一。从公元前2600年的印度河流域城市摩亨佐-达罗（Mohenjo-daro）和哈拉帕（Harappa），到古埃及的吉萨（Giza），古希腊希波丹姆斯（Hippodamus）规划的米利都（Miletus），盛行于古罗马城市并传播到地中海和北欧地区的“罗马格”（centuriation），到隋唐的长安，19世纪中叶塞尔达（Cerdà）设计的巴塞罗那，1811年的纽约曼哈顿规划。格子，这样一种纯粹的几何表达，是人类对社会空间关系的一种理性实践。它改变了城市生活的方方面面。格子不仅像一只上帝之手在土地表面画出了几何边界（在前现代城市规划中格子确实是宇宙观的一种象征性体现），它也延伸到了土地之下和土地之外，包括隐秘的基础设施、物质和人的流动，以及更关键的——政治和社会关系。

方格有三大特征：易于计数，边界清晰，以及可以作为模数无限延伸。格子的主要作用，在意大利建筑师和理论家皮尔·维托里奥·奥雷利（Pier Vittorio Aureli）的眼中，包括了侵占、分割、抽象（appropriation, subdivision, abstraction）。当人们从游牧转向定居时，一些关于划分土地的想法开始产生，而格子是划分土地最简单和有效率的方法之一。格子之所以在营城上有效率，是因为它可以更好地衡量土地和土地产出的经济价值，本质上是为了稳定基于父权制的土地所有权制度。商周时期建立在土地公有制之上的一种土地产权制度——井田制，就采用了九宫格的基本空间形式。格子本来是一种划分家庭空间的单位，在“城市革命”之后（考古学家戈登·柴尔德在20世纪30年代引入了“城市革命”的概念，描述了农耕社会到城市社会的巨大变迁），格子成为更大聚居领地的度量衡。在经纬网被欧洲人发明之前，中国古代舆图的制作就已经开始大量使用“计里画方”将测量出来的土地按照比例关系绘制在方格网上，来呈现地点之间的相对位置关系和距离。

除了使用方格来认识、测量和划分疆域，人们还将格子广泛用于创造城市空间中。春秋战国时期《周礼·考工记》中阐述了以方格网为基础的理想都城的规划原则：“匠人营国，方九里，旁三门。国中九经九纬，经涂九轨，左祖右社，面朝后市，市朝一夫。”德国城市研究者阿尔弗雷德·申茨（Alfred Schinz）用“幻方”（magic square）来描述中国城市网格，尤其是九宫格这样具有阳力的空间秩序，通过与地的阴力相结合，创造出有益人类生活繁衍的环境。数字“九”对于中国人来说是一个充满魔力的数字，它既代表至阳，也是普遍适用的宇宙秩序——“天数”。毋庸置疑的是，在古代中国，无论“幻方”可以被赋予多少意义，它的本质是建立起一套制度化的等级秩序，以实行君权对空间和社会关系的绝对控制。

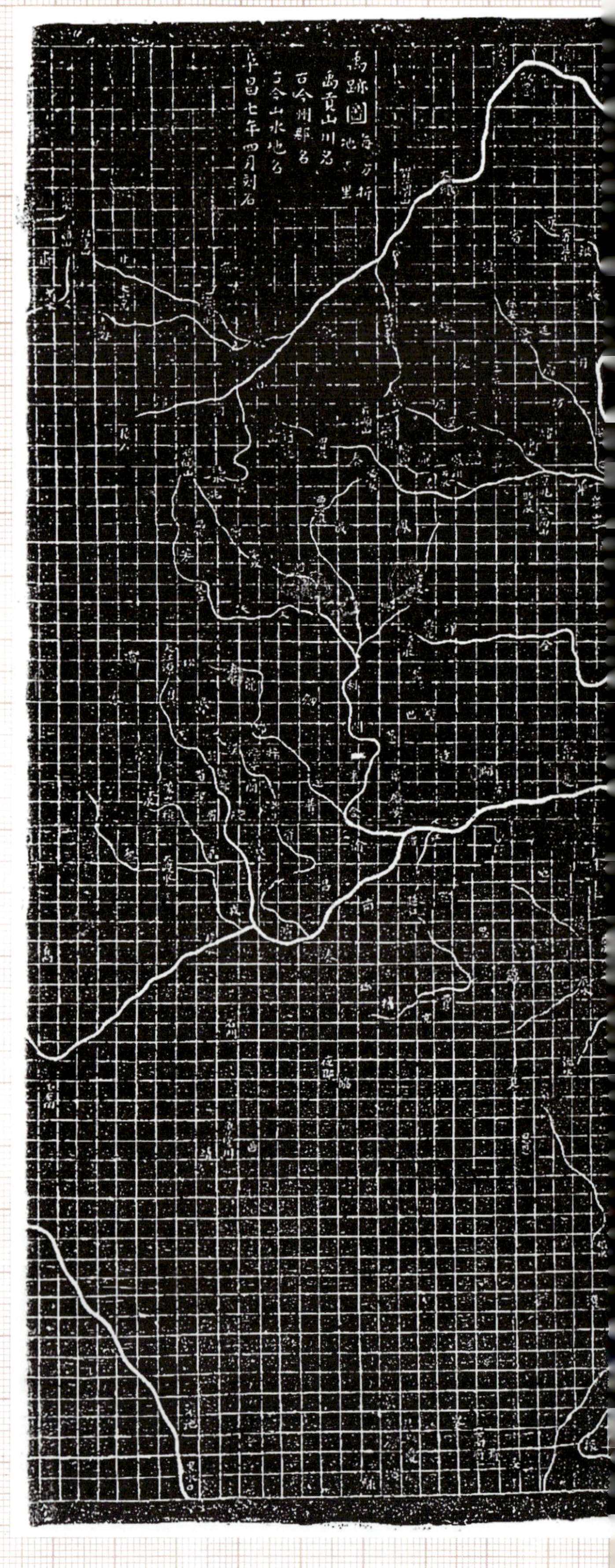

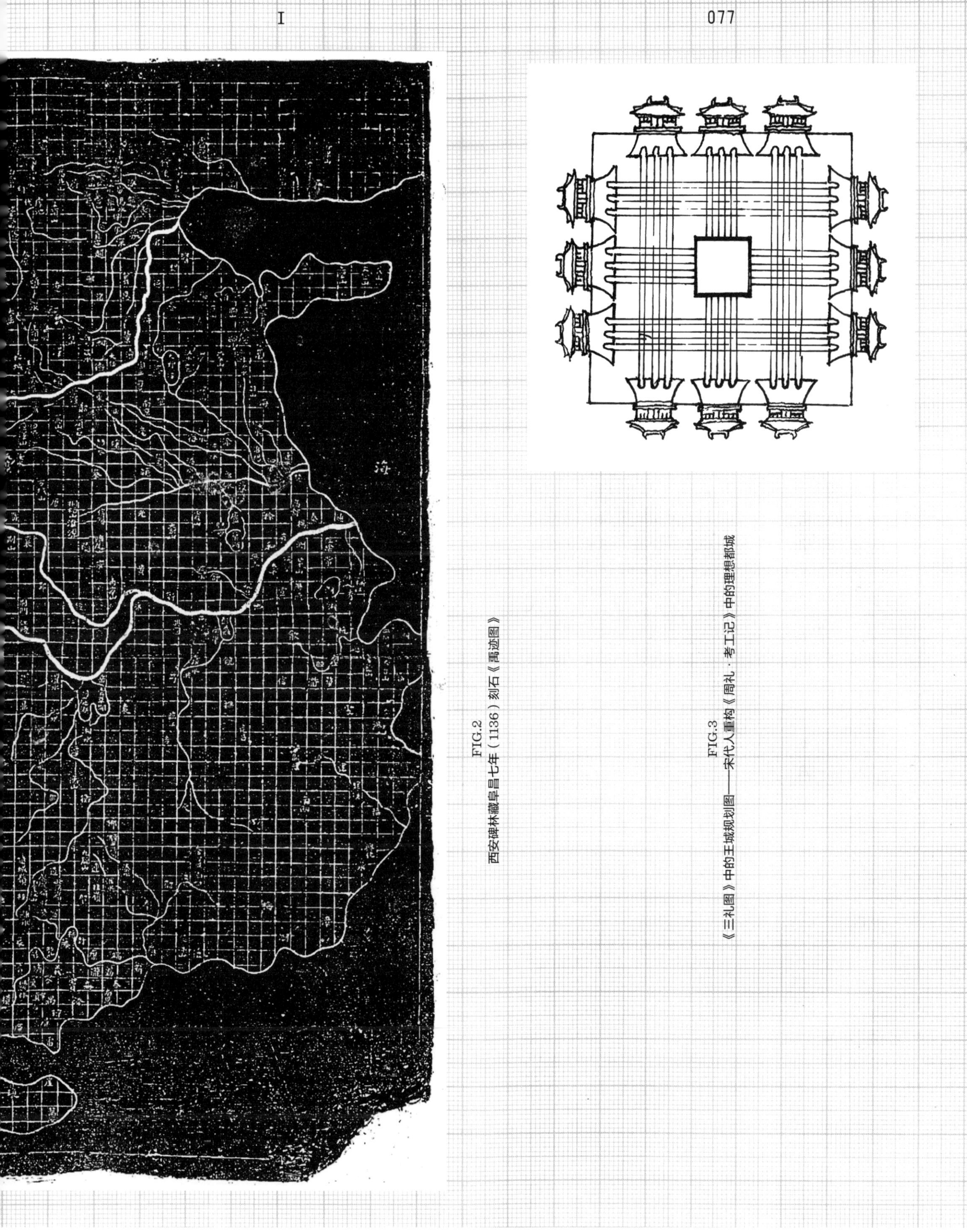

FIG.2
西安碑林藏阜昌七年（1136）刻石《禹迹图》

FIG.3
《三礼图》中的王城规划图——宋代人重构《周礼·考工记》中的理想都城

格子城市不一定是平等的，尽管那是人们脑子里根深蒂固的想法。以格子划分殖民地是殖民者获得新土地掌控权最有效的手段之一，它提供了帝国快速扩张的基础、霸占土地所有权的合法性，以及对原住民原有生产资料与工具和生活方式的重新支配。格子城市的历史，在一定程度上来说，就是殖民史。罗马共和国就曾系统性地使用网格规划它的殖民地并分发给士兵作为奖赏。16世纪的西班牙在殖民地上将网格城市的设计方法制度化，成为殖民地法律的一部分。威廉·佩恩（William Penn）的费城是美国最早使用网格规划的城市之一，以抵御在欧洲城市常见的火灾、疾病和拥挤。费城作为新殖民地的首都，其规划成功地将理性方格网传播到了其他殖民地城市，并建立起了一套新的对于国家的空间想象。方格以一种现代性的面貌出现，不仅仅在地表建立规则的几何图案，更是为了有效的社会统治而构造基础设施，包括城市基本服务、卫生事业、人口控制、巡逻和监视。方格是现代国家/城市治理的秘密武器，它统一串联了空间辨识、视觉监视和社会治理。在美国西扩的过程中，网格规划几乎成了新城建设的范式。省钱、快速、有效，易于辨识和理解，这些网格的特点使得殖民事业发展迅猛，方格网迅速覆盖了美国向西拓展的边疆地带（frontier region）。

FIG.4
托马斯·霍姆（Thomas Holme），费城规划图（1683）
来源：Historical Society of Pennsylvania Digital Library

作为新世界最雄心壮志的殖民地，美国全境国土也都建立在网格之上。美国国父之一托马斯·杰斐逊（Thomas Jefferson）在1785年制定了新的土地条例（Land Ordinance of 1785），借用了英国的“百户区”（hundred，其随之成为美国新英格兰地区的殖民地土地制度），将美国阿巴拉契亚山脉以西的土地全部划为以“六英里”为标准模数边长的正方形乡镇和更细分的“一英里”宅地，以供定居者进行开发。在实际操作中，网格也在根据不同的自然地理和人文地理状态调整着自己的形状。自此，六英里正方形乡镇成了美国公共土地政策的基础。1785年的土地条例是早期土地出让制度的原型，法令最终涵盖了美国四分之三的疆土，为美国联邦政府带来了大量的出让收入和移民。这也证实了格子在延续殖民经验中的重要作用：通过划出清晰的领地边界来保护土地所有权，赋予了土地交易合法性，确立了政府通过卖地和土地税获得资金的制度，以及在一定程度上鼓励了圈地和土地投机的行为。此时的格子已经不再是简单的几何图形，它攫取了土地这一最重要的原始资本。每一个格子都是象征着金钱的符号，也同时是看好未来的投资单位。

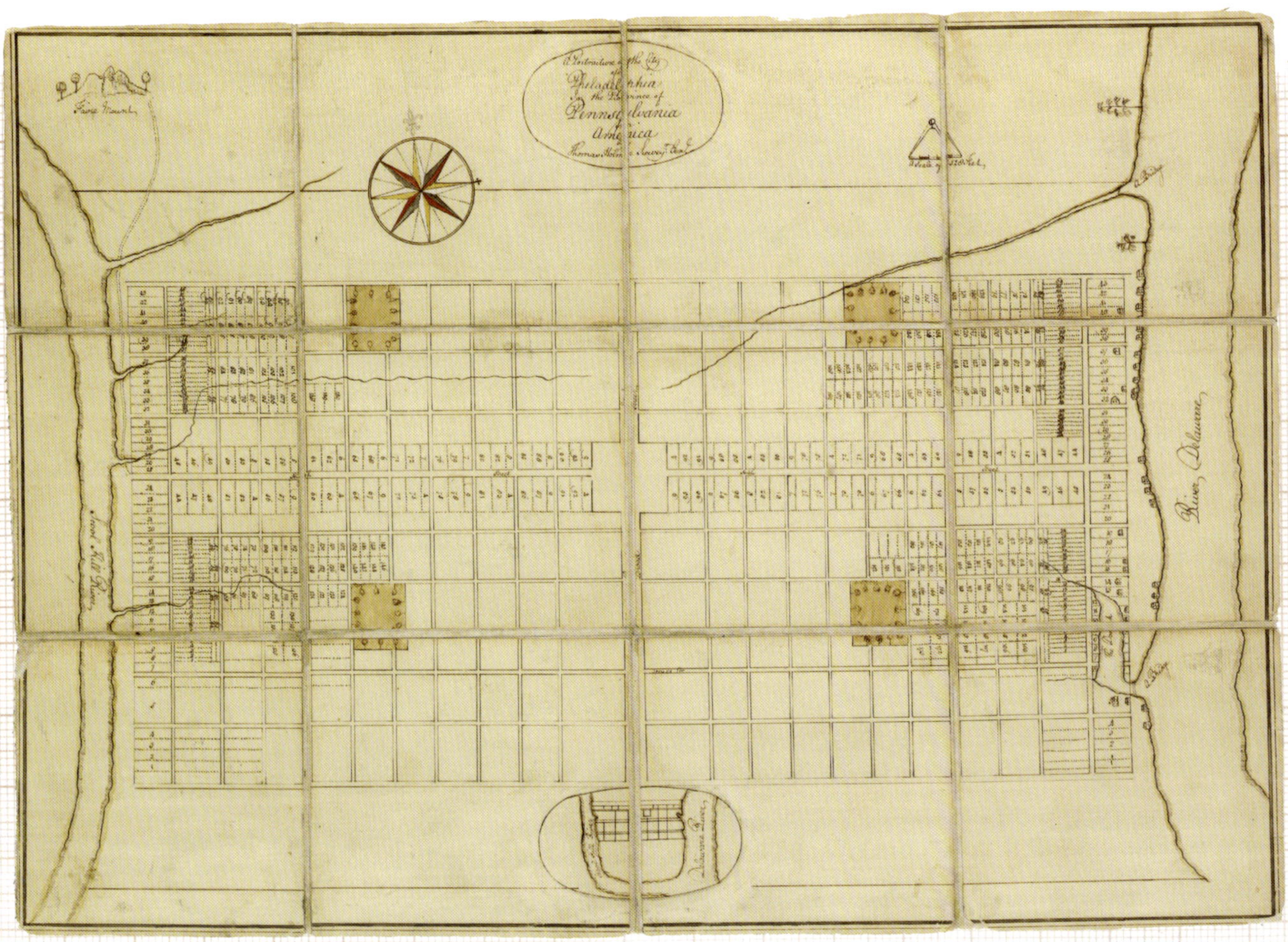

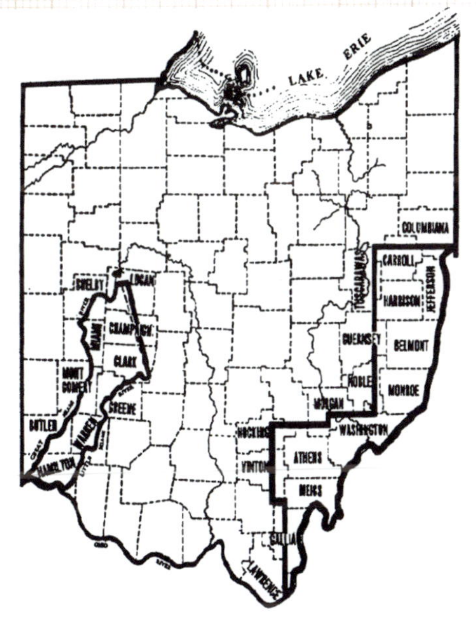

FIG.5
美国俄亥俄州在 1785 年土地条例下的土地划分
来源：William Edwards Peters, *Ohio Lands and Their Subdivisions* (1918)

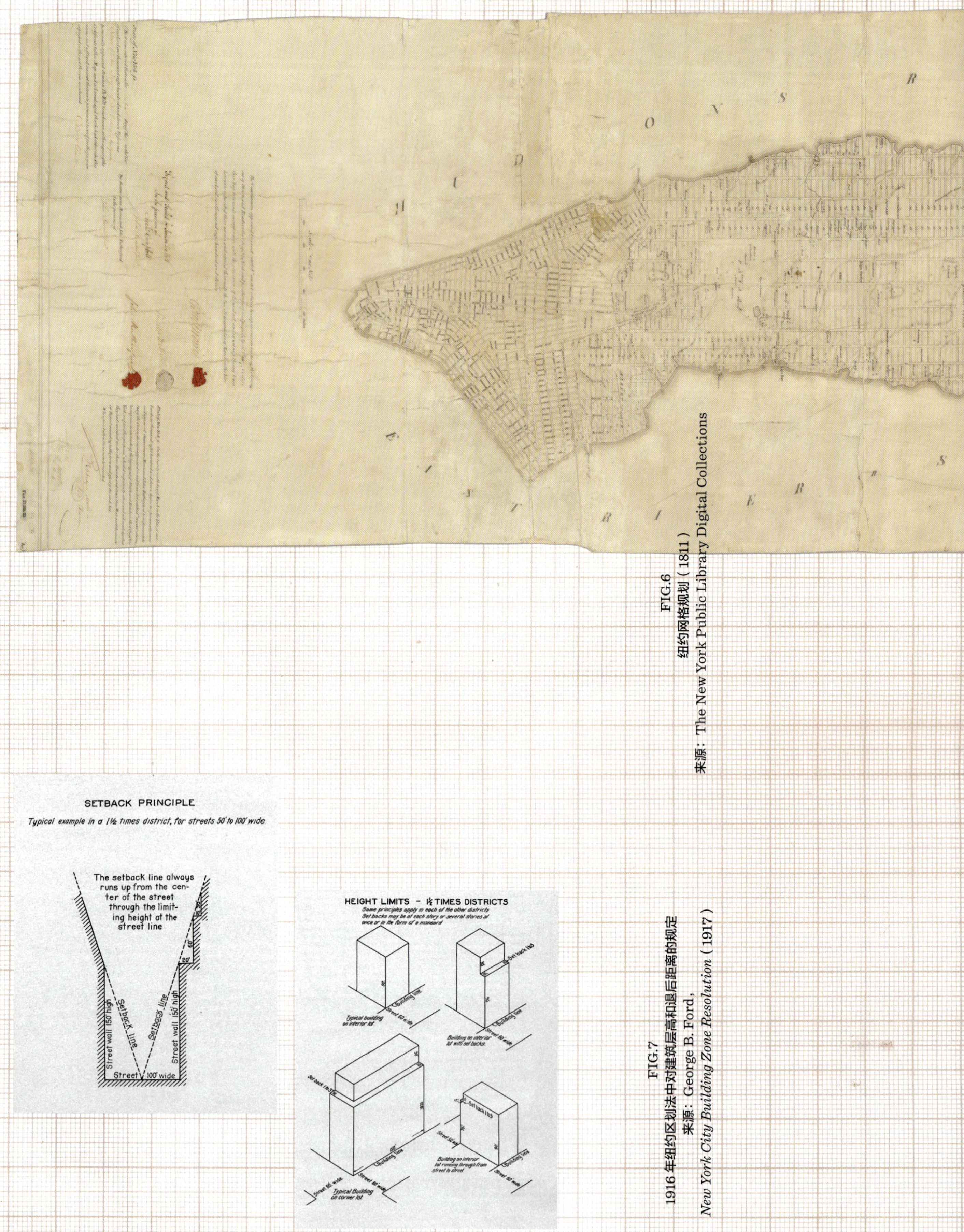

FIG.6
纽约网格规划（1811）
来源：The New York Public Library Digital Collections

FIG.7
1916 年纽约区划法中对建筑层高和退后距离的规定
来源：George B. Ford,
New York City Building Zone Resolution（1917）

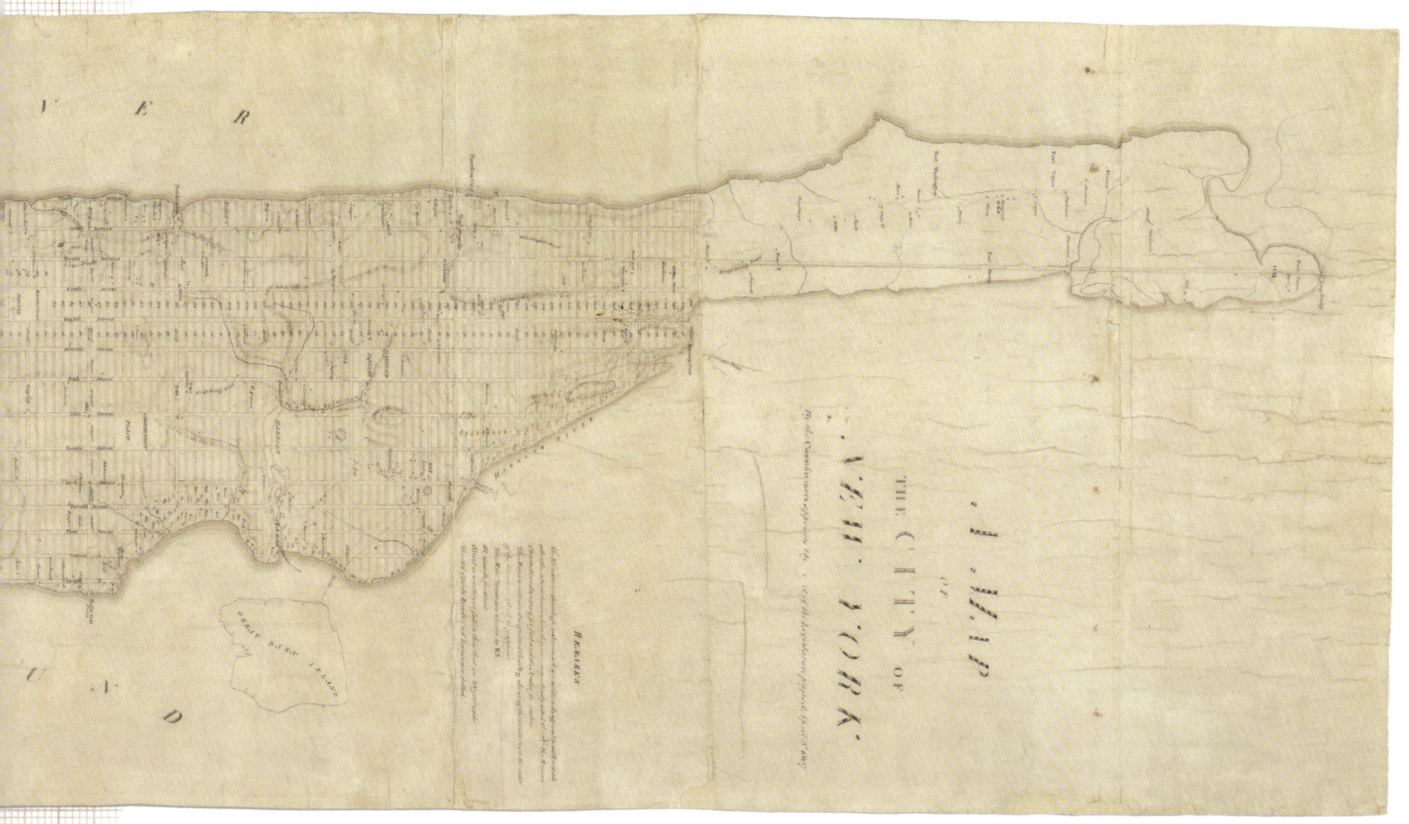

在18世纪及以前，荷兰人在美洲的殖民城市——“新阿姆斯特丹”，即纽约，还是一个有城墙的欧洲风格的城市。纽约北面的城墙，在今天被命名为“墙街”（Wall Street），音译成中文就是当今作为全球金融晴雨表的“华尔街”。荷兰人原本建造的纽约街道是根据码头和运河走向来分布的。由于“对控制和平衡的偏爱……以及对自然的不信任”，纽约市议会希望能设计一种一劳永逸的生活在曼哈顿岛的方式，以承载不断增加的欧洲移民和紧缺的生活空间。然而，这次纽约历史上最重要的规划活动背后真实的原因，其实是纽约市政府希望可以有序地开发和售出14街和华盛顿高地之间的土地，但受到了业主们的反对和地方政治的阻挠。纽约州议会随即出马，成立了一个委员会来具体操作城市的新规划项目。1807年，美国国父之一古弗尼尔·莫里斯（Gouverneur Morris）、律师约翰·拉瑟弗德（John Rutherfurd）以及测绘师西米恩·德威特（Simeon De Witt），被委托这一重任。1811年，一份世界上最伟大的规划方案出现了，曼哈顿岛被12条南北方向的大道（avenue）和155条东西向的街道（street）所分割，形成了13×156=2028个街区的城市。

网格是现代理想城市钟爱的形状，因为它设置了大地平面的雏形，却未曾对人们生活的高度和深度有过限制。这乌托邦式的设置是为雄心勃勃的城市专门留下的空子——建筑对蓝天和地下世界的想象就此开始。每一个格子开始被建筑表皮和高度赋予身份。在限定的街区内，如何体面和另辟蹊径地表达个性成为业主和建筑师的终极难题。但与此同时，对高度的竞争不是无限制的，1916年的区划法（Zoning Law）对楼宇退后距离和层高做出了规定，以保证每栋楼都可以拥有充足的日光。

NEW YORK
Hudson River

网格城市带来的现代性是一项大型的社会工程，它彻底将楼宇与楼宇、楼层和楼层分离开来，使人们可以随心所欲、不受外界太多干扰地创造能令自己满足的社会文化内容，但又能便捷地产生联系，形成一种互倚之势。荷兰建筑师雷姆·库哈斯（Rem Koolhaas）在《癫狂的纽约》（*The Delirious New York*）中写道："被强置于网格的曼哈顿，从此永远免疫于任何（进一步的）整体干预。在区区一个街区之内——那是建筑上可以控制的最大区域——这座城市创造出了一个最大化的都市自我。既然任何客户或建筑师都无望以一己之力统领这岛上的更大面积，每一意向——每一建筑意识形态——便都不得不完全在街区的限制内实现。"于是，一出有无数互相独立但又有蛛丝马迹联系的线索的多场景剧目同时在不同格子间上演，产生巨大的随机波动性。被纽约著名沉浸式戏剧《不眠之夜》（*Sleep No More*）吸引的人是否现在才发现其实他们每日都在城市网格里参与着真实的演出？

库哈斯《癫狂的纽约》的英文首版封面来自马德隆·弗里森多普（Madelon Vriesendorp）的《捉奸在床》（*Flagrant Délit*），这幅画是对城市格子最富有同情心的一个注解，因为它捕捉到了格子的欲望。两座拟人化的纽约摩天楼（长得也是满足了区划法里退后距离和层高的要求）躺在网格城市上，被打开了门的另一栋格子建筑照了个精光。床单滑落在裙楼，避孕套扔在一旁，无数双格子城市里的格子楼的眼睛穿过格栅窗户望了进来。床上松弛而暧昧的格子楼就歪歪曲曲地躺着，它们存在于一个提前设置好的系统中，但又那么毫无悔意地从系统中精神（或肉体）出走。格子的叛逆被格子的威严所规训，却也可以无伤大雅地游离。格子提供给我们一种晚近现代主义欲望的想象：我们常常在自己设下的限中心安理得地破坏它，并得到满足。

FIG.8
1963 年德国绘图师赫尔曼·博尔曼（Hermann Bollmann）创作的 3D 纽约鸟瞰图，可直观感受纽约方格网中建筑高度的多样性和参差韵律
来源：David Rumsey Historical Map Collection

FIG.9
马德隆·弗里森多普，捉奸在床（1975）
来源：Canadian Centre for Architecture.
Gift of Philotecton, U.S.A., Inc. Ridgway, Ltd., and Biltmore, J.V.
© Madelon Vriesendorp

madelon Vriesendorp March '75

在方格网下规划的城市，其基础设施的成本和消耗都要高于一个自然形成的市镇所需的基础设施成本和消耗。那么为什么格子城市仍然经久不衰？在新兴的城市化地区，方格依然被大量使用在新城设计中；在发达经济体放缓的城市化进程中，格子城市作为最重要的图底遗产，仍旧服务于后工业城市，保持着它相当的活力和丰富度。为什么？因为开放的网格可以在制度性的控制下体现人性中复杂的部分。前提是格子是开放的，物质、信息和人是可以在网格中流动的。在路易 · 康（Louis Kahn）和安妮 · 廷（Anne Tyng）1952—1953 年给费城做的未实现的规划中，出现了一张画风颇有童趣的交通和移动模式示意图。图中的点、虚线和箭头象征着移动的种类、速度和方向，格子间的交换流动被矢量化的表达直观再现了出来。

从生产城市内容的角度来说，网格城市类似于一种后福特制式的规划设计方法：当人们发现福特制和泰勒主义下流水线大规模工业生产的产品缺乏个性和特点，不能满足人们日益高涨的定制式消费需求的时候，后福特主义生产方式应运而生。格子的边界已定，但空间和社会内容源源不断地进行着更新迭代，在一种有限度的规则下生产着新的社会政治关系。《城市网格》（*Urban Grids*）一书中写道：“城市网格可以抵御时间的流逝和社会需求的变化”，“它可以被阐释成一个‘开放式的工作’，因为这项工作永远不会完成，因为它的功能还在改变”。城市格子自身的辩证性使其既暴力又开放，既纯粹又复杂。它能够接受自身的鲜明棱角，也可以拥抱流变的多样记忆。城市格子可能是人类设计的最原始 / 纯粹的一种反身（reflexive）手段，既可无限扩张复制和等比例缩放，又可以推翻自身容纳的限度，不断反映社会现存的社会政治关系以及驱动新的社会变化。

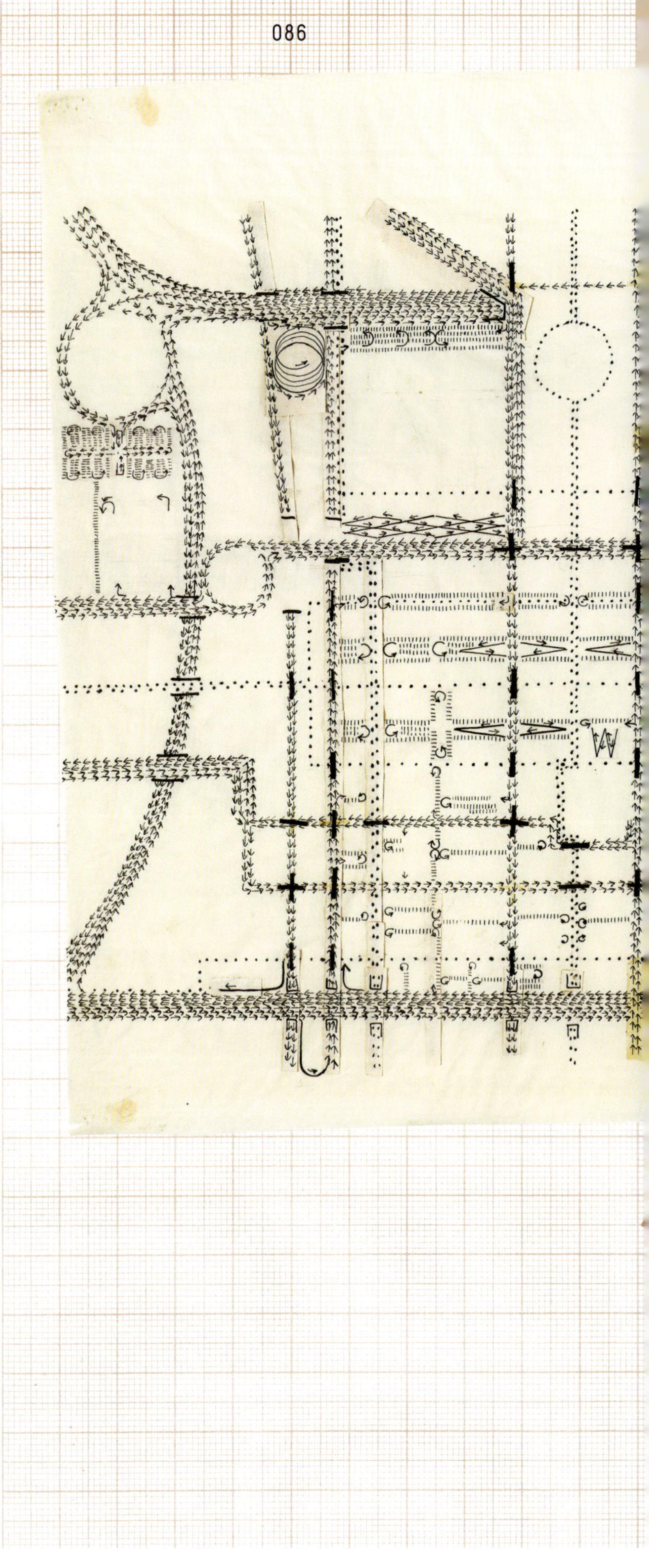

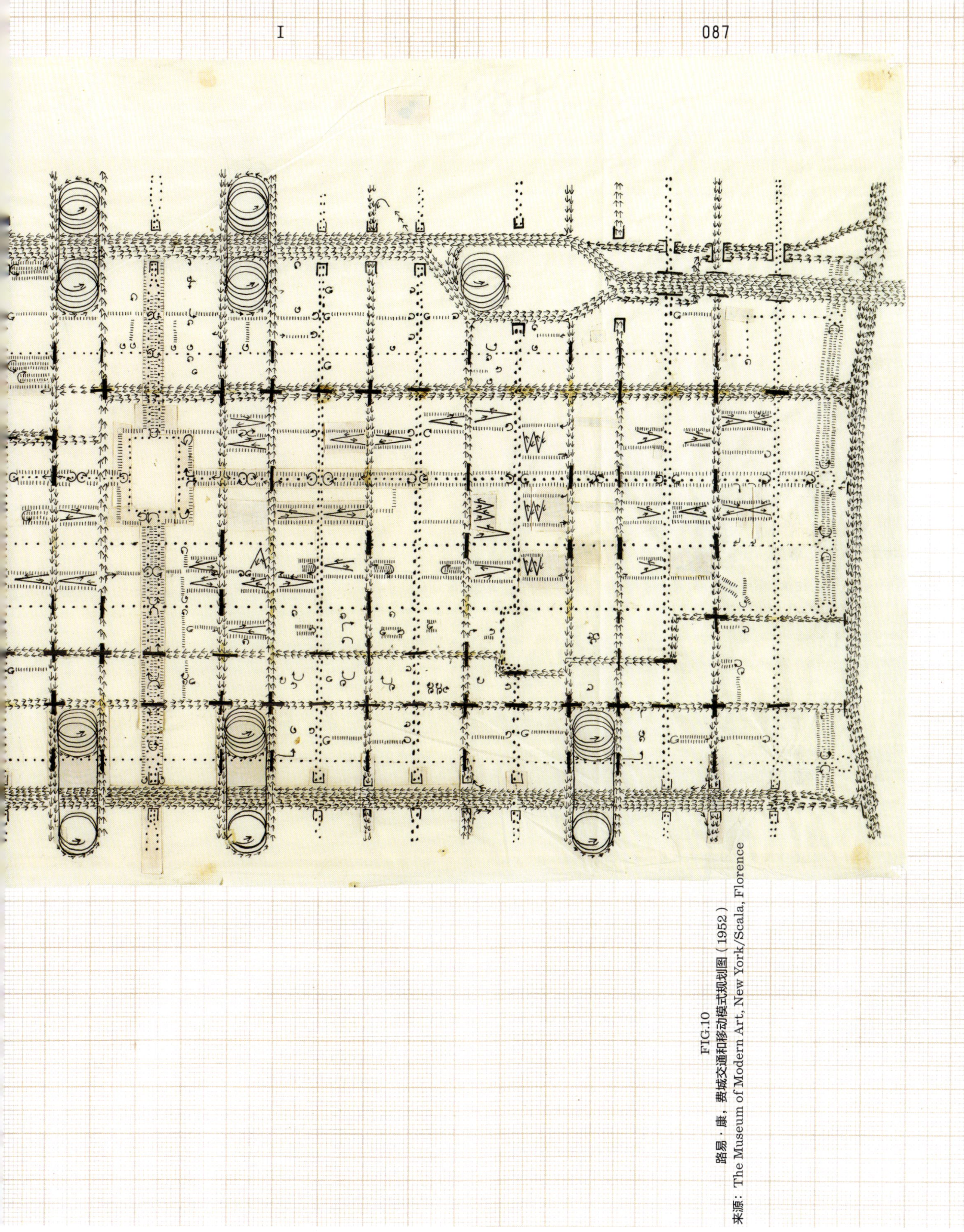

FIG.10
路易·康，费城交通和移动模式规划图（1952）
来源：The Museum of Modern Art, New York/Scala, Florence

城市隔离 Fencing City

088

从2022年开始，我们在城市里找寻那些将人们隔开的装置，
这些装置有的是为了建立秩序与规则，有的是出于恐惧的防御。

李松鼠 Li Songshu
田克 Tian Ke
摄影 / Photography

盛文强　Sheng Wenqiang
撰文 / Text

A Cultural History of 网的文化史 Fishing Net

097

FIG.1

让-克里斯托夫·里乌（Jean-Christophe Riou），渔网（*Fishing nets*）

来源：视觉中国

网罟的起源要追溯到新石器时代。在渔网出现之前，先民在海滨及江河的捕鱼方式还处于原始的阶段，所谓一击、二突、三摇、四挟。击，就是击打水族之法，用树枝、石块等将鱼类击伤或击毙，从而获取。突，就是刺杀水族之法，工具是尖锐的树杈，这是鱼叉的雏形。至于摇和挟，则是捕捉栖息于泥沙中的贝类的动作。

直到先民学会了用植物纤维编织成原始的渔网，开始了人类最早的捕捞作业。渔网的出现无疑是渔业史上的一次飞跃，自此之后，渔获量急速攀升，导致了渔获的剩余。网的发明权通常被归到了上古帝王伏羲的名下。《易·系辞下》曰："古者庖牺氏之王天下也，作结绳而为网罟，以佃以渔。"庖牺氏即伏羲，伏羲所制之网，不但捕鱼，而且能捕鸟兽，渔猎兼营。各种古籍关于网的来历，多宗此说，乃至再加演绎，如《史记·三皇本纪》载，"太昊庖牺氏结网罟以教佃渔"，《抱朴子》载，"太昊师蜘蛛而结网"。

上古时代的渔网没能保存下来，都已腐烂消失，但有些图像可以用来观察当时的渔网。比如仰韶文化遗址出土的船形网纹陶壶，壶外侧以赭黑彩绘的渔网纹，至今清晰可辨。该壶两头尖翘，一般被认为是船形，而渔网挂在船侧，也就顺理成章。值得注意的是这张渔网的细节，整张网斜织的纹路，纲目不论纵横皆不足十个，应是在实际的渔网之上做的抽象简化，渔网的两侧还有黑色的三角形纹饰，或可看作绳结收束之处。据《吕氏春秋》载："舜之未遇时也，掘地财，取水利，编蒲苇，结罘网。"由此推测，网纹两侧的这些三角形的纹饰，或许是藤蔓上的叶片——不排除彼时的渔网使用天然藤蔓的可能。直到周代，开始用麻，《诗经·陈风·东门之地》曰："东门之池，可以

1

FIG.2
仰韶文化船形网纹彩陶壶（新石器时代）
来源：视觉中国，读图时代

沤麻。"麻的使用使渔网更加精巧耐用，但麻受潮易腐烂，需要经常翻晒，才可延长使用寿命，民间俗语所说的"三天打鱼，两天晒网"是有一定事实依据的。渔网的总绳被称为"纲"，网眼被称为"目"，当提起总绳时，一个个网眼就会张开，这就是所谓的"纲举目张"，常用来形容做事要抓住条理。

早期的渔网简单粗陋，渔获量低，相当于小网兜，却已远优于用木棍石块的渔获量，直到大片的有坠渔网的出现，才极大提高了捕捞效率。网坠是渔网的属件，固定在渔网的底部，使渔网沉入水中，能防止入网之鱼从网的下缘逃逸。从考古发现来看，新石器时代即出现了大量的石网坠，后来又有了陶网坠，金属普遍使用之后，又有了铁网坠，如今网坠已有大量出土，渔网虽已腐烂不见，但通过网坠还可推知当年渔业之盛。

比较精细的网坠上还有凹槽，可以让绳子捆得更牢靠，防止滑脱。安置网坠之后，再拖动渔网时，可提高网在水中的速度，渔网的渔获量无疑增长了几十倍、几百倍，一个捕鱼者的生产所得除了维系自身生活所必需之外，还出现了大量剩余，以物换物的原始贸易开始出现，促进了人类社会的发展。

可以说，渔网是原始社会的一次技术革命，推动了社会变革，其重要性不亚于工业革命时代的蒸汽机。

自伏羲之后，网罟种类日繁。《三才图会·器用五》载："庖牺氏结绳为网罟，此制之所始，制各不同，随所宜而用之。"网罟的制式也随着地域和习惯的不同而变化，名目也日趋多样，已不限于网和罟的简单指涉了。

成书于西汉初年的《尔雅》中有一段对网罟名称的考据："緵罟谓之九罭，九罭，鱼网也。嫠妇之笱谓之罶。罺谓之汕。篧谓之罩，槮谓之涔。鸟罟谓之罗，兔罟谓之罝，麋罟谓之罞，彘罟谓之羉，鱼罟谓之罛。繴谓之罿。罿，罬也。罬谓之罦。罦，覆车也。"此处涉及网罟名称繁多，多为"四"字头，其实，这里的"四"字头即简写变形之后的"网"字，若查看甲骨文、金文等早期文字，便会一目了然。

《诗经·邶风·新台》中便用网起兴："鱼网之设，鸿则离之。燕婉之求，得此戚施。"意即：撒下渔网落了空，一个蛤蟆掉网中，本想嫁个美少年，却换得驼背丑老公。这首诗是讽刺卫宣公，他曾与其后母夷姜乱伦，生子名伋。伋长大成人后，卫宣公为他聘娶齐女，只因新娘子是个大美人，便临时起意，在河上高筑新台，把齐女截留下来，占为己有。卫国人对宣公所作所为实在看不惯，便作了这首歌来挖苦他。本欲捕鱼，得到的却是癞蛤蟆，这种意象所传递的失望是无比真切的。用捕鱼之网作喻，可见网已是当时常用之物。《诗经·小雅·南有嘉鱼》中又提到了汕："南有嘉鱼，烝然汕汕。"汕即带有提线的抄网，以机括升降，用来捕捞小鱼，后来也称之为罾。另，《诗经·豳风·九罭》提到了九罭："九罭之鱼，鳟鲂。我觏之子，衮衣绣裳。"朱熹对此诗的解释是："九罭，九囊之网也。"但考虑到彼时鱼罟仍为草创，未必有如此工巧，九当为虚指，"天地之质数，始于一，终于

2

FIG.3
甲骨文中的"网"字

九焉"，以九言其多，故现在一般理解为网扣密集的小型网具。《诗经·卫风·硕人》中提到了罛："河水洋洋，北流活活。施罛濊濊，鳣鲔发发。"这几句诗描述的是，黄河之水浩浩荡荡往北流，施设渔网水声喧闹，大鱼翻腾，一派热闹的捕鱼场景。这里的罛是一种大型的渔网，其具体形制已经难以见到。此外，《楚辞·九歌·湘夫人》中有"鸟何萃兮苹中，罾何为兮木上"的句子，这里说的罾是一种古老的网具，是把网片绑在十字形竹棍或木棍上，中间坠上砖块等重物，以便罾能沉入水底。大罾要用杠杆、辘轳等简单机械来起罾。

从《诗经》和《楚辞》里可以看到，春秋战国时期渔网门类驳杂，新的名词不断被创造出来，是网罟类型的集中爆发期，诸多名目也在后世沿用下来。

捕鱼活动是古时的重要物质来源，是生民口腹之需，捕鱼活动受到格外重视，甚至和治国理政联系在一起。

《韩非子》中记载了上古帝王舜的早年行止。舜曾经于历山耕种，后来在河滨制陶，也曾到雷泽去捕鱼，是一个兼擅农、陶、渔的多面手。《韩非子·难一》载："河滨之渔者争坻，舜往渔焉，期年而让长。"说的是河边有很多捕鱼人，他们争抢一块水中的高地，这是撒网捕鱼的有利地形，谁在此处捕鱼，谁就有大的收获。舜到了此处捕鱼，一年之后，人们便都学会了谦让，都把这块有利地形让给长辈。孔子后来盛赞道："舜其信仁乎！乃躬藉处苦而民从之。故曰：圣人之德化乎！"孔子认为是舜自身的德操教化了民众，在渔业生产中即以身为范，百姓乃有了谦让的美德。

古时渔猎不分，网罟所捕猎的对象已经不限于水中鱼虾，也兼及山中走兽和林间飞鸟，所谓"天罗地网"，猎物无处可逃，《道德经》里也曾说"天网恢恢，疏而不漏"，自开辟以来，鸟兽首度遭逢如此惨烈的人祸。《史记·殷本纪》："汤出，见野张网四面，祝曰：'自天下四方，皆入吾网。'汤曰：'嘻，尽之矣！'乃去其三面。"这段话说的是商朝的创立者商汤见到有人在野外张网捕猎，心有不忍，便令他们去掉了三面，只留下一面，给动物们留一条生路，不至于赶尽杀绝。商汤的这种举动，被认为是"仁"，四面诸侯听说后，皆来归附。成语"网开一面"也来源于此。据说孔子一生"钓而不网"，也是出于这种原因。

《国语·鲁语》中又有里革进谏的故事。里革是春秋时期鲁国的史官，古训有"夏三月川泽不入网罟，以成鱼鳖之长"，而当时的鲁宣公违反这条古训，在泗水中捕鱼，里革见了，拔剑斩断了宣公的渔网，并

3

对宣公说，如今鱼类正在孕育，不当其时，不可滥用网罟，若是不让幼鱼生长，贪心就太没有止境了。宣公听了，不禁感慨道："砍破的渔网是一张好网，但使我知道了治国的方法，我要将这张渔网好好保藏起来，使我不忘里革的劝告。"

战国时的孟子去见梁惠王，讲了一通"数罟不入洿池，鱼鳖不可胜食也"的道理，也就是说，细密的渔网不下到池塘里，鱼鳖之类的水产就会吃不完。这番道理是儒家的"仁政"观念，谈的是合理利用渔业资源，不能涸泽而渔，是治生产之道，亦是一种治国之道，颇有一些环保思想的雏形，但好战的梁惠王对此似乎不太"感冒"，这番对话也就匆匆收场。

在东汉末年，擅长用渔网捕鱼的人还成了抢手的资源。彼时的鲜卑首领檀石槐能征善战，据有匈奴故地，东西长达一万四千多里，南北宽达七千多里。怎奈鲜卑人口日益增多，农业、畜牧和射猎都满足不了百姓生存，檀石槐见到乌集秦水有几百里宽阔，水中有鱼头攒动，但没办法得到鱼。后来檀石槐"闻倭人善网捕，于是东击倭人国，得千余家，徙置秦水上，令捕鱼以助粮食"（范晔《后汉书》）。这里说的倭人国，《魏书》中作汗国，应不是日本，疑为今朝鲜半岛的某地，其国人善于用网捕鱼，檀石槐把他们抓来，要他们捕鱼，以弥补鲜卑部族的粮食不足。可见，会使用渔网，在当时的鲜卑还是一种高端技术，擅使渔网的人，无论如何也没想到，会因此而成为俘虏。

明代学者王圻、王思义父子编纂的类书《三才图会》中有绰网、注网、塘网、扳罾、挡网等名目，共计十二帧，这一组渔网图像的绘刻线条细腻流畅，足以代表从两汉到明代的渔网流变，也显示了民间的创造性。现以《三才图会》所载网罟图为例，做一番索骥之功——

4

FIG.4
莫高窟北周第 296 窟撒网图

罾

罾有提罾、坐罾、扳罾等名目，《初学记》中有一段关于罾的定义最为精确："罾者，树四木而张网于水，车挽之上下。"《三才图会》载："罾，亦网也，不知何易名为罾，二制俱相似，惟坐罾稍大，谓之坐者，以其定于一处也。"罾是古代常见的捕鱼器具，以网片缒在机括下，出入水面。有的大罾配有复杂的杠杆原理机械，可随时将网提出水面，从而获鱼。据《史记·陈涉世家》载，秦末陈胜起义时，就暗中派人把写有"陈胜王"三个字的布帛"置人所罾鱼腹中"，伪造声势——烹鱼见书之时，群情耸动，众人皆以为是天意。从这个故事中可看出，罾在秦末已经是普及度很高的民间常用渔罟。此后历代罾法大同小异，愈到晚期，罾的提线及机括愈精巧复杂，但原理都是一致的。晚清沈同芳《中国渔业历史》中对清朝末年的罾有过一段详解："罾用长竹四根，接合成十字，竹杪四出如长爪，罾网每寸三眼，以麻为之，槐皮猪血染色，见方三丈，四隅系于爪端，悬如仰盂，岸边置设木架，上铺木板，架前有横轴一根，四长五尺，另用长木作锐人字架，前后各一，下端合装于轴，上端相去成九十度，直角连之，以绳前端系罾，后端系大石一块，并绳两条，大石着地，罾即出水。"时至今日，罾仍常见于水乡，因其操作省力，而又易制，故而流布极广，江河湖海，乃至溪流之侧，都时时见到罾的支架，也可以听到巨罾出水时的喧哗。

挡网

挡网即后世所谓抄网，以长竿为手柄，另一端捆缚三角木架，并沿着木架敷设网兜，可以站在岸上，手持长柄作业，捞取水中的小鱼小虾。挡网也常配合大罾使用，大罾中获鱼，辅以小挡网取出，相当于手臂的延伸。挡网还有一种变形，叫作叉网。叉网有两根长竿作为手柄，类似于剪刀，可以绞合于一处，把网口封闭，避免鱼虾进网后再逸出网去。

注网

注网又名张网，为定置网具，定于一处，可坐享其成。《三才图会》载："注网则施于急流中，其制缄口而巨腹，所得鱼极不赀。"可见，注网是用起来轻松，而又有较高渔获量的网具，在江河根据水流方向张设，在滨海则按潮汐方向张设，靠流水的力量把鱼虾冲进网中。注网经常是晚间定设，清晨取走，一夜之间足以累积鱼虾无数。关于注网，有"偷网"之说。偷网，即趁网的主人未到之时，事先把网中的鱼虾偷走，网的主人来了以后，往往一无所得。注网最可见世风与人心，在民风淳朴之地，网各有主，无人乱动，这样的民风最令人神往。

塘网

塘网之名，应是小型水塘中的拖捕网具，用在海中则为船拖网，格局也要比塘中大得多。《塘网图》中出现了四人协同捕捞的场面，这四人分列于两岸，水道不宽，众人手中持缆绳，朝同一个方向拖拽，然而，网大塘小，这种网具甚至刮尽塘底，往往能将塘中鱼虾一网打尽。孟子所说"数罟不入洿池"，就是针对此类网具所发的感慨，若塘网过密，拖捕区域过大，则会造成难以恢复的渔业资源破坏。

绰网

绰网多用在较浅的内陆河流中，需要两人同时操作。《绰网图》中，两人各持一长竿，两条长竿撑开的是一个巨大网兜的两边，用来捕捞河中的鱼虾。绰网相当于巨型化的挡网，只不过变挡网的手柄为两条长竿，网兜之大也非挡网所能比。

撒网

又名旋网，明代文湛的《渔家竹枝词》有云："阿侬家住太湖边，出没烟波二十年。不愿郎身作官去，愿郎撒网妾摇船。"撒网多配合渔船使用，是一种用于浅水地区的小型圆锥形网具，用手撒出去能使网口向下，并用与网缘相连的绳索收回来，轻便可携，但对使用者的技术要求很高，技术熟练者，能在空中高抛出纯圆的网罩，不熟练者，则容易缠到自身，狼狈不堪。

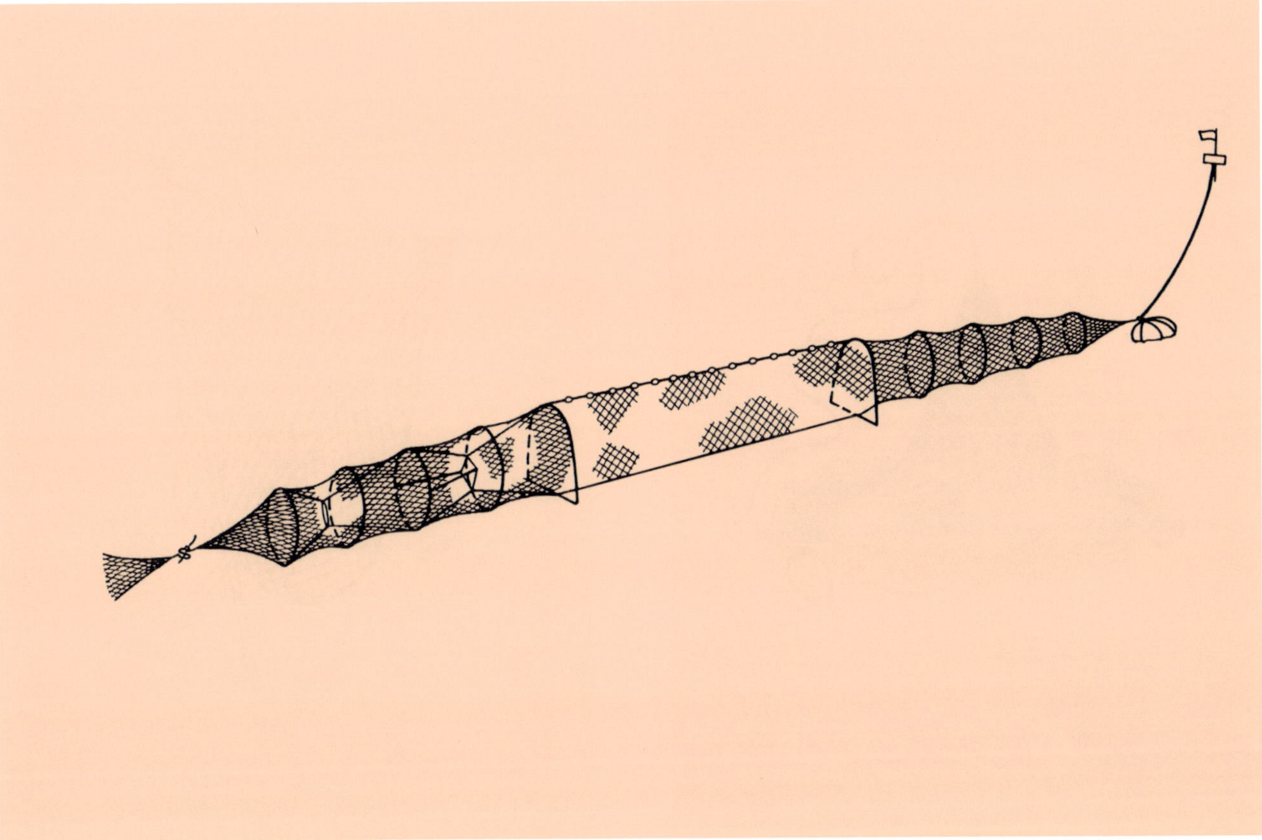

FIG.5 定制袖网
图片由作者提供

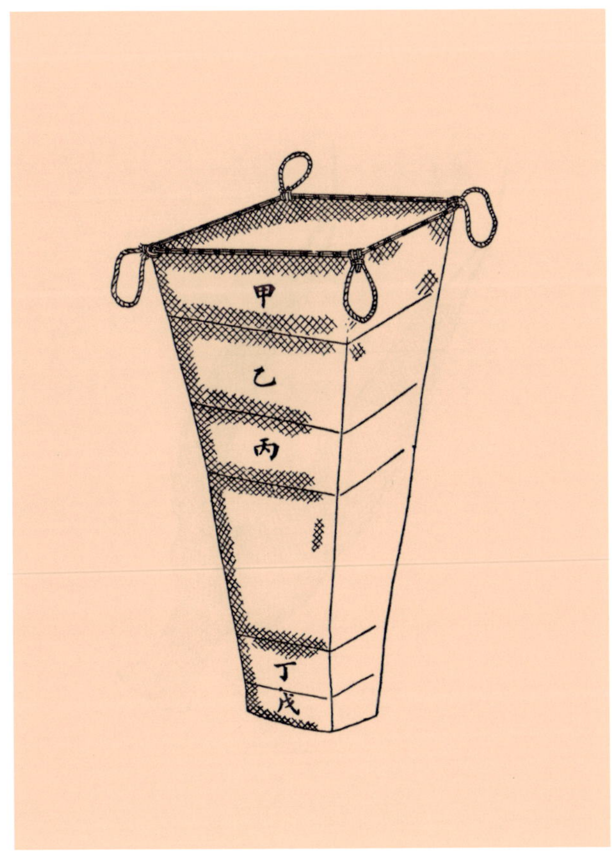

FIG.6 长网
来源：李士豪、屈若搴，《中国渔业史》（1937）

FIG.7 撒网

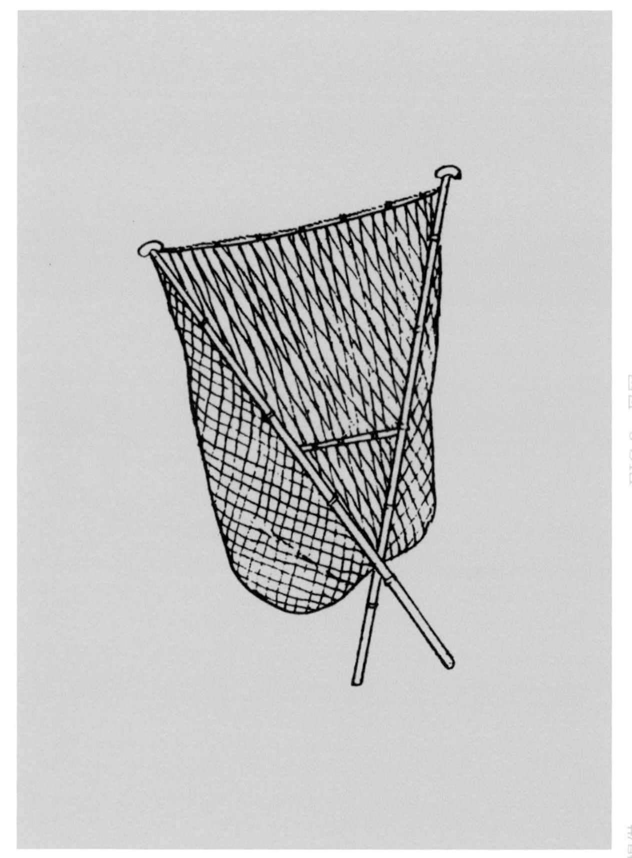
FIG.9 叉网

图片由作者提供

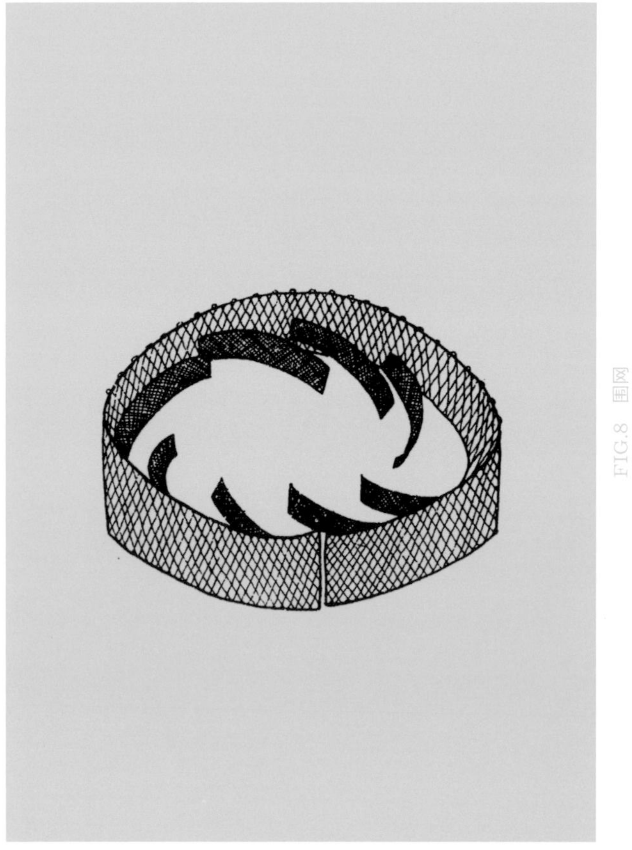
FIG.8 围网

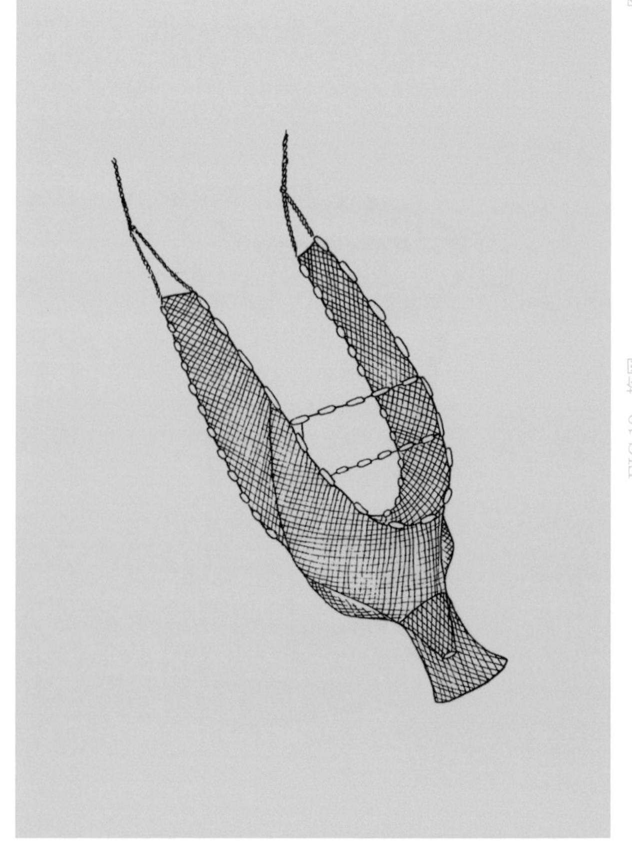
FIG.10 拖网

在古籍中可见的海中网罟，有宋代浙江的大莆网，一种锥形的网具，开口固定在海中，利用海潮将鱼冲进网兜。宋代还出现了呈长带状的刺网，敷设在鱼类通道，刺挂缠绕鱼类，周密《齐东野语》载："帘为疏目，广袤数十寻，两舟引张之，缒以铁，下垂水底。"这里说的帘，就是指刺网。明末清初，广东沿海开始使用围网，据屈大均《广东新语》载："有曰索罛，下海水深多用之，其深八九丈，其长五六十丈，以一大緅为上纲，一为下纲，上纲间五寸一藤圈，下纲间五寸一铁圈，为圈甚众，贯以索以为放收，而以一大船为罛公，一小船为罛姥，二船相合，以罛连缀之。"这里说的索罛，即围网的一种，不仅可以捕捞上层的鱼类，也可捕捞至中下层，是当时世界上最先进的渔网了。

然而这些海洋渔网只有文献记载，并无图像摹写其形状。直到近代以降，渔业作为独立学科出现，受到有识之士的重视，海网图才被列为专图研究，可谓后知后觉。比如在李士豪、屈若搴合著的《中国渔业史》（商务印书馆，1937年）中，有三种极为珍贵的网图，分别为《大网布海全图》《翻缯布海全图》《长网图》，三幅皆为海网制式。

《大网布海全图》的图下有文字说明，说出了这种网的原理："插椿三根于海，前两椿各系二索，分系网之上下唇，又环系以浮筒，使张其口，后一椿只用一索，系于网尾，使不随流翻裂，另复系一筒，作为钩网之用。"可见，所谓的大网，是利用海岸潮差原理而定设的一种渔网，该网的不便之处在于，只有一面受鱼。好在这个缺陷被一种叫作"翻缯"的网具弥补了。

翻缯是一种比较巧妙的渔网。《翻缯布海全图》

5

下有说明："翻缯先以两竹楸插入海泥中，以系缯之四隅，上两隅以竹筒系之，使张其口捕鱼。翻缯形如大网，惟尾无根索，留使自翻。潮水涨时，缯口顺流受鱼，潮退则缯之末段全翻折入缯心，潮力紧推，全缯之里面翻作表面，而前潮之鱼在内者，能自打一结束缯尾，不因翻潮而倒出，故名之曰翻缯。"翻缯之巧，在于其根据潮汐方向及时调整位置的布局，用尽机心，定置之后，鱼虾顺流而入，不费人力前去调整。民间的智慧不容小觑。

《长网图》未标注文字说明，但从结构来看应属多网室的连环陷阱原理，这让我想起童年时代在故乡青岛用过的袖网，与长网原理相同，只不过是圆筒形，网袖内部敷设铁圈，也有的弯竹片为网圈。这类网也是利用潮流，其阔口朝向潮路，鱼虾涌进，次第进入甲乙丙丁戊五个网室内，进口为喇叭阔口，出则不得出，最长者可达二十余个网室，也是东海一带常见的渔网类型。

直到1906年，投身实业的晚清状元张謇主持购买一艘德国渔轮，定名"福海号"，这是我国渔业史上首艘现代渔轮，标志着现代渔业的兴起。及至民国，拖网渔轮在东海投入渔业生产，捕捞效率及渔获量都远非人力可比，渔网的古典时代结束了。

而那些古老的、来自《诗经》里的网罟之术还没有消失，它们仍在古国辽阔的江河湖海之间频频现身，它们单薄的身躯出水入水凡千万遍，仿佛不知疲倦，为民生之艰而进补。从白发老翁到垂髫稚子，仍像商周之民一般提绳持网，埋头在亮晶晶的水面上搜寻，他们是古老渔术的孑遗，亦是伏羲氏网罟的传人。所谓"礼失求诸野"，看到他们，就像看到虽微弱却绵绵不绝的文明爝火，在民间秘密传递。

II

蕾克　Lei Ke
撰文 / Text

The Worn Ukiyoe
一路摩灭为褴褛

109

FIG.1
喜多川歌麿，吹风铃的女子（婦女人相十品 ポッピンを吹く女，c. 1792—1793），藏于东京国立美术馆
来源：ColBase

要想知道日本古时人们穿什么纹样、衣服颜色如何，有个办法，就是从古画里找。尽管从数量磅礴的古画里寻找具体的“格子”，有点儿像在树林里找萤火虫，但觅到后还是很喜悦的。

在16世纪室町幕府第12代将军足利义晴留下的肖像画里，他在纯黑色外衣的里面穿了一件底色雪白、上有鲜黄和青绿双色格子的里衣，颜色搭配潇洒活泼。

在日本国宝级文物——16世纪的《高雄观枫图》屏风上，溪水边红枫下，席地而坐饮茶享乐的贵人里，一个主角位置上的女性穿着一件深红和浅绯交织的粗格外衣，系着绿丝绦。与她对坐的男性穿着一件同色的细格子，画中其他几个人物则穿着绿格子。

有意思的是，当时只有将军穿的才配用“格子”这两个汉字来称呼，下属们穿的格子纹，只能卑称为“岛物”。

格子和岛屿又有什么关系呢？历史真是有意思的东西。当时，日本列岛诸侯和明朝有贸易往来，进口了大量明出品的棉布。另外，15世纪开始的地理大发现，让葡萄牙人找到了印度，在南亚建立殖民地，开始了海上贸易。现在的印度和印度尼西亚出产的彩色染织细棉布，历经东南亚岛屿链，通过琉球群岛，流入日本列岛。这些棉布和丝绸有着新鲜花纹，品质优良，来自异乡，从海上舶入，所以被称为“岛物”。

格子和条纹的图案，就这么进入了日本的历史。也许可以说，古画上已经斑驳剥落的彩色格子衣裳，在当时正是精致上等的式样。

直到15世纪末的史书上，才出现了对日本列岛境内开始大规模种植棉花的记载。在那之前，贵族穿丝绸，庶民穿麻。贵族们随着季节变化，叠穿不同色彩的衣服以显示美感。16世纪中期，日本白银产量激增，诸侯们用这些白银从中国大陆购买了大量奢侈物品，人们的衣着也变得丰富多彩起来，有了夹金银线的绸缎，出现了扎染，有了纯色间杂着白色的“飞白”图案。到17世纪以后，染织业进入成熟期，工匠们有了余裕，人们有了审美之眼，格子和条纹在民间成了非常受欢迎的时尚的图案。

在喜多川歌麿的一幅浮世绘里，1550年的某一日，宫廷绘师土佐光茂在银阁寺的后山上，见到了病重的幕府将军足利义晴，他是来为将军画像的。那天，将军穿着一件纯黑色的外衣——当然是纯黑色，还有哪种颜色能比纯黑色更威武庄严呢？黑衣里面，却是一件白底里衣，白底上是鲜艳的黄绿两色交织的大格子图案。

可惜未等画作完成，这位室町幕府第12代将军就病逝了。画师清楚地记得将军那日的衣着容貌，并与友人说，是啊，只有将军御用的纹样，才能用“格子”两字称呼，那些觊觎将军的下属所穿的狂扬时兴式样，从南面海上舶来，只能卑称“岛物”罢了。

可以想象，就在绘师用画笔蘸取绿青色，描出将军身上的绿色格子的同时，遥远的印度南部，葡萄牙人修建的圣托马斯大教堂遥映着孟加拉湾上的港口，一艘载满了印度彩染棉布的葡萄牙商船就要启程去马六甲。再过几年，葡萄牙人就要打开明朝的大门，进入澳门，建立起他们东航长崎、西归里斯本的贸易大航线。

也许就在那年的春天，一个日本石见的无名青年农民，下定了要去银矿山当矿夫的决心。虽然众人都说，进山当矿夫的人活不久，很快就会因肺病死去，能活到30岁就算长寿。他不会知道，他这样的无名矿夫耗尽性命精炼来的白银，会流入大商人手里，被当作和汉人、西班牙人以及葡萄牙人做交易的通货，换来明朝江南地区出产的棉布、丝绸、生丝和陶瓷，换来火枪、火药，以及南亚的织物、皮革和香料。

宫廷绘师只知道将军身上的那件格子衣服是新鲜式样，并不知后世学者们会从他的画作中惊喜地发现：啊，这里有近世最早的格子绢衣！毕竟绘师祖辈口传心授给他的，是过去的贵族们用叠穿好几种彩衣的方式来炫耀优雅美感。比如名曰“红梅袭”的穿法，是外面穿一件红衣，里面衬一件紫；“樱袭”则是外面一件白衣，内衬一件淡紫红。他不知道，他看见的新鲜纹样，有些来自遥远的印度，经过爪哇、澳门、琉球、长崎，一路演化。经过物的传播、人对美的向往和时间的催发，一段磅礴大历史化为静谧的格子纹，叠印到了重病的将军身上。

这位将军的儿子，第13代将军也留下了肖像。画上，他穿着一件极其轻薄透明的纱衣，纱衣下的里衣有精致的双行图案。一行是足利一族的桐叶家纹，另一行则是红格子。他死于臣下兵变，享年29岁。

到了第14代足利将军时，另一位姓狩野的宫廷绘师画了一幅

歌麿画

FIG.2
喜多川歌麿，缝衣图（針仕事，c. 1794—1795），藏于东京国立博物馆
来源：ColBase

被后世称为《高雄观枫图》的屏风画。京城郊外，高野山溪水旁，秋枫红叶下，贵人们席地而坐，饮茶享乐。一个主角位置上的女性穿着一件惹眼的格子外衣，深红和浅绯交织，系着绿丝绦。与她对坐的男性穿着一件同色的细格子。画中其他几个人物则穿着绿格子。

后世的研究者们认为，这些16世纪的丝绸的、棉布的格子衣，固然是贵族们选择的舶来新式样，然而在更早的几百年前，在庶民们穿的颜色暗淡的粗麻衣服上，已经有了硕大的格子，虽然从美感上来说相对粗鄙。而16世纪的贵族们喜欢把鲜艳的格子矜持地穿在黑衣里面。

在那个时代，来自明朝的丝绸和蚕丝是昂贵的，由刚刚开始大面积种植的棉花制成的棉布也是昂贵的，鲜艳的色彩更是一种昂贵的东西。比如红格子的红，或是红花染成的偏橙色的丹红，或是苏芳木染成的偏青色的紫红。

18世纪的浮世绘师喜多川歌麿画过一幅《美人更衣图》。仿佛是炎暑天，一个年轻女子手持折扇，慵懒地半褪下一件淡墨色的、上有飞白碎格子的单衣，露出了红白双色大格子纹的里衣。歌麿的《妇女人相十品》系列里有一张画，画中一个年轻女子穿着一件红白格子纹的衣裳，系着绿色涟漪纹腰带，正在吹玻璃风铃。

现代的我们看见这种格子，也许只会觉得是衣纹图案，并不知其得来几多曲折，耗费了多少人工。这件衣裳也许是丝绸的，也许是棉布的；如果是丝绸的，取丝养蚕首先要有桑树林，又需熟练的取丝纺线的人手……

如果要将这些最早期的格子纹样投射进大历史中考量，分析它们如何形成、怎么变成贵族间的时尚，追寻源头的话，甚至可以一直写到明日勘合贸易、江南的织坊、宁波之乱、倭寇，甚至追溯至地理大发现，葡萄牙人在印度南部修建了宏伟的大教堂，开辟了港口，将品质极其优秀的印度彩色染花棉布积载到船只上，浩浩荡荡地驶向马六甲，源自印度的物料经过一系列传播，将磅礴历史化为隐藏在银阁寺后山里一位重病的幕府将军身上的格子纹。

然而这些都太庞大了。

说到日本传统文化与衣饰里的格子，我首先想起来的，是和日本同事的一段聊天。那时我们说到传统染织，她淡淡却也感慨地提到："过去啊，贵人们穿丝绢衣裳，上面有精美的刺绣和手工绘染，洗都洗不得的。"若要洗涤，得拆成一块一块的布料，清洁干净后再缝回去。农民就不一样了，他们穿棉穿麻，到了冬天，大雪封住了世界——就像小林一茶在俳句里形容的：雪下个没完没了，走到哪里，哪里落雪，雪仿佛只因我在——这时他们用织机织布。线已经准备好了：用棉花捻出的棉线，将麻煮软后捻成的麻线，在不下雪、四季如夏的琉球，用芭蕉叶的纤维捻出的线——硕大的蕉叶能抽出长纤维的只有那么一小块，一匹布要用几百棵树。线捻成后先染色，颜色就在身边，花草、树木、泥土，草灰碱，梅子酸，铁铜也做媒介。蓝线、褐线、灰线、黄线，蓝和黄叠染出的绿线，难得的淡红。织什么花样呢？他们的世界那么窄，能织什么花样呢？他们用几种颜色交织出条纹，纺织出格子，不那么鲜亮，却结实耐穿，织进去的是情绪、心思。

我想起以前看过的日本东北农村的刺子绣。进入现代之前的日本东北农村很贫瘠，冬日严寒，农民们只有麻衣可穿。为了让麻布衣裳稍微厚实保暖一些，更能抵御风寒，妇女们用麻线在衣服上一针一针地刺出各种花样的格子。衣服本身或是槐蓝草染出的靛蓝色，或是泥浆染成的淡墨色，不一而足，刺绣的线则是月白色。她们绣出的格子纹有着家常名字：花纹、种子纹、豆纹、蛛网、石板、杉枝、雪花、猫爪印、流星、马辔、田垄等等。要肩扛货物进山的人，衣裳肩膀部分细密地刺满了格子，为的是让衣服结实耐穿，也缝进了神灵保佑平安的祈愿。在现代中流消费者眼中，旧时的困苦被过

哥麿筆

滤掉了，只剩下所谓“朴素的、自然的美”，但祈愿神灵保佑的心思之下怎么可能没有恐惧和伤痛呢？

但我依旧想一厢情愿地认为，“雪国冬天，深雪围困之下，有刺子绣可做还是幸福的”是当时妇女们的真心话。不然，她们绣不出这么细密美好的格子。毕竟生活之美、手工之美，是来自对困境的乐观对抗，是滑过长夜留在心间的闪亮流星。

现代日本作家兼茶人木村宗慎说过，日本一直是贫瘠的，直到20世纪六七十年代后才富裕丰饶起来，旧时人们的审美和表达方式中，有“借饰”和“以寒微喻大”的手法。比如爱媛县有一种茶道点心，名为“东山”，即京都银阁寺附近的东山。名虽风雅，东西实际上只是晒过的白薯干。因为白薯干是山里的“干果子”，发音和东山相近，所以把京都风雅的东山借来用在朴素的白薯干上，重新下一个定义，让物质本身在交织的定义下呈现出一道更具普遍性的“神影”。人们在茶道席面上，通过仪式和物质，与影会面。

这么说也许有些玄虚，通俗来讲就是，因为贫瘠所以开动脑筋，让有限的现实世界在精神层面上丰饶起来；通过努力，在严酷生活里寻觅微小希望。侘寂和借饰并不是徒有其表的形式，而是一种思考的路径，诞生于紧迫困顿之境，是旧时日本人的生活智慧。

挑着担子的农民肩头的细密缝线格子，将一路摩灭为褴褛，与定格在肖像画上、收藏在现代博物馆书画库里的幕府将军威严黑衣下的潇洒格子相比，当然是小的、寒微的，却来自实际生活，内里存在着那道“神影”。

农民们从沤麻和捶棉的劳作开始，用自己的手，做保卫生活的战斗。给捻线染色更像借自然之力施法。富含铁分的泥涂染出黑色；春天的杏树枝煮水用石灰做媒介，染出带着暗影的浅粉红；紫根煮水加入茶树灰染出紫；刈安茅草染出黄，和槐蓝叠染出绿；栗的硬壳染出青灰；青柿涩皮染出暗褐，核桃皮染出柔和土色；山桃树皮染出清浅的茶色；常见的靛蓝色则要将蓝草叶在盛夏时节慢慢发酵。

棉和麻相对来说不容易上色，染出来总是那么清浅。织出的条纹和格子大多是细密素雅的。名字也来自生活，比如粗细相间的条纹叫作亲子纹、孝行纹、携子纹，细的叫万筋，粗的叫瀑布。格子纹理，黑白曲折交替的，在欧洲叫作犬牙纹（houndstooth），而在东亚叫千鸟纹，来自人们抬头望见天空中掠过的鸟群。黑白方格交替的纹样，在欧洲有善恶、正邪、白昼与黑夜的涵义，在日本就没有这么重的道德意味，被称为石板纹或雪霰纹。还有一种极其细微的格子，远看恍若一片连续的灰色，看上去如茫茫尘埃，叫作微尘格子。

说起来，微尘是佛教概念，指的是世上物质最小的单位。所谓庙堂塌倒化微尘。微尘成大地。微尘对浮世，长河对漂萍。日本人真喜欢用“尘”这个概念，有一种在漆面上撒碎金打磨平整的工艺手法，叫作“平尘”，明明是金，却用尘代称。平安时代里有一种青绿之色，只有天皇才能穿用，叫作“麴尘”。这是一种黄绿之上恍若蒙着尘埃白膜的颜色，暗淡而微妙复杂。根据古书记载，要捣碎紫根揉出浆液，加入茶树灰烬，反复染出偏青的紫，再叠染茅草染出的黄，要想准确染出这种灰蒙蒙的绿色，非常不容易。明明是天皇御用的禁色，却被称为尘。如果这是一种视角转换法，李白有诗句描写得很清晰——“泰山嵯峨夏云在，疑是白波涨东海。散为飞雨川上来，遥帷却卷轻浮埃”——就像寒微可以比喻宏大，反过来皇可以为尘，历史终究可以于无声处落在幕府将军黑衣之下的格子绢衣上。从天地、自然而来的素材、人力和思考，也终究可以转换成茫茫然的微尘格子。格子就像巨云散为飞雨后留下的痕迹，那道影来过。

很多时候，我们可以在朴素的东西上感受到那道影来过。

就像上面出自农民之手的棉麻之布，经过织机，织出布匹，砧打出韧性和光泽，放到清水溪流内漂去杂色，或置于积雪上曝晾。最后得到的布匹，是要实际穿用的，保护身体，安抚内心。为了用之美，没有过分的自我彰显，不为炫耀装饰，在现实的逻辑事理之上，多了一点点梦境式的非真，镇定而雅致。比如宋代的瓷器，就像那个著名的雨过天青色笔洗。人的技巧和努力之外，还有上天眷顾的一点玄意。

FIG.3

喜多川歌麿，缝衣图（針仕事，c.1794—1795），藏于东京国立博物馆

来源：ColBase

被遗忘的颂歌

Ode à l'Oubli

116

法国艺术家路易丝·布尔乔亚在91岁时，创作了一本手工书。这次创作既是她对儿时记忆的一种回溯——布尔乔亚年幼时，父母在巴黎经营一家挂毯修复店，她的童年，便是在店铺的楼上度过的；又是对她创作生涯的一次总结——编织作为方法，呼应了她在绘画、雕塑中使用的媒材，也串联起她在不同媒介中反复回归的那些母题：身体、记忆、亲密性与脆弱性、女性经验与家庭和童年的情感。

这本长达36页的手工书，仿佛一座小型的私人记忆博物馆。其中的展品包括但不限于：1938年她与艺术史学家罗伯特·戈德华特的婚礼上绣有LBG字样的方巾、睡衣、长裙、居家用品，以及其他纺织品的边角料和碎布头。它们经过布尔乔亚之手、经过精心地劳动和投入，被打乱而后重组、被破坏而后拼合，形成一曲柔软的、富有节奏感的记忆颂歌。

路易丝·布尔乔亚
Louise Bourgeois

艺术家 / Artist

© The Museum of Modern Art/Scala, Florence

图片来源 / Images

Ode à l'Oubli (2002)

Untitled, no. 2 of 34, from the illustrated book, *Ode à l'Oubli* (2002)

Untitled, no. 15 of 34, from the illustrated book, *Ode à l'Oubli* (2002)

Untitled, no. 30 of 34, from the illustrated book, *Ode à l'Oubli* (2002)

I Had a Flashback of Something that Never Existed, no. 18 of 34, from the illustrated book, *Ode à l'Oubli* (2002)

Untitled, no. 29 of 34, from the illustrated book, *Ode à l'Oubli* (2002)

Untitled, no. 31 of 34, from the illustrated book, *Ode à l'Oubli* (2002)

聂小依　Nie Xiaoyi
撰文 / Text

Journey to the East
从东方到东方：万曼的挂毯立体而自由，就像他的人生

125

中国美术学院纤维艺术系
万曼遗产
BANK 画廊
LEAP《艺术界》杂志
致谢 / Thanks to

Марин Върбанов，
英文是 Maryn Varbanov。
在中文里，
这个名字一般被译作
马林·瓦尔班诺夫。
但如果按照中国人
姓在前、名在后的方式
将原名缩略后前后掉转，
你会得到两个音节：
Var——Mar——。
这样的声音可以变成
一对美妙的汉字：
万曼。

FIG.1
万曼，无题（*Untitled*，1988）
来源：《万曼之歌：马林·瓦尔班诺夫与中国新潮美术文献集 上》

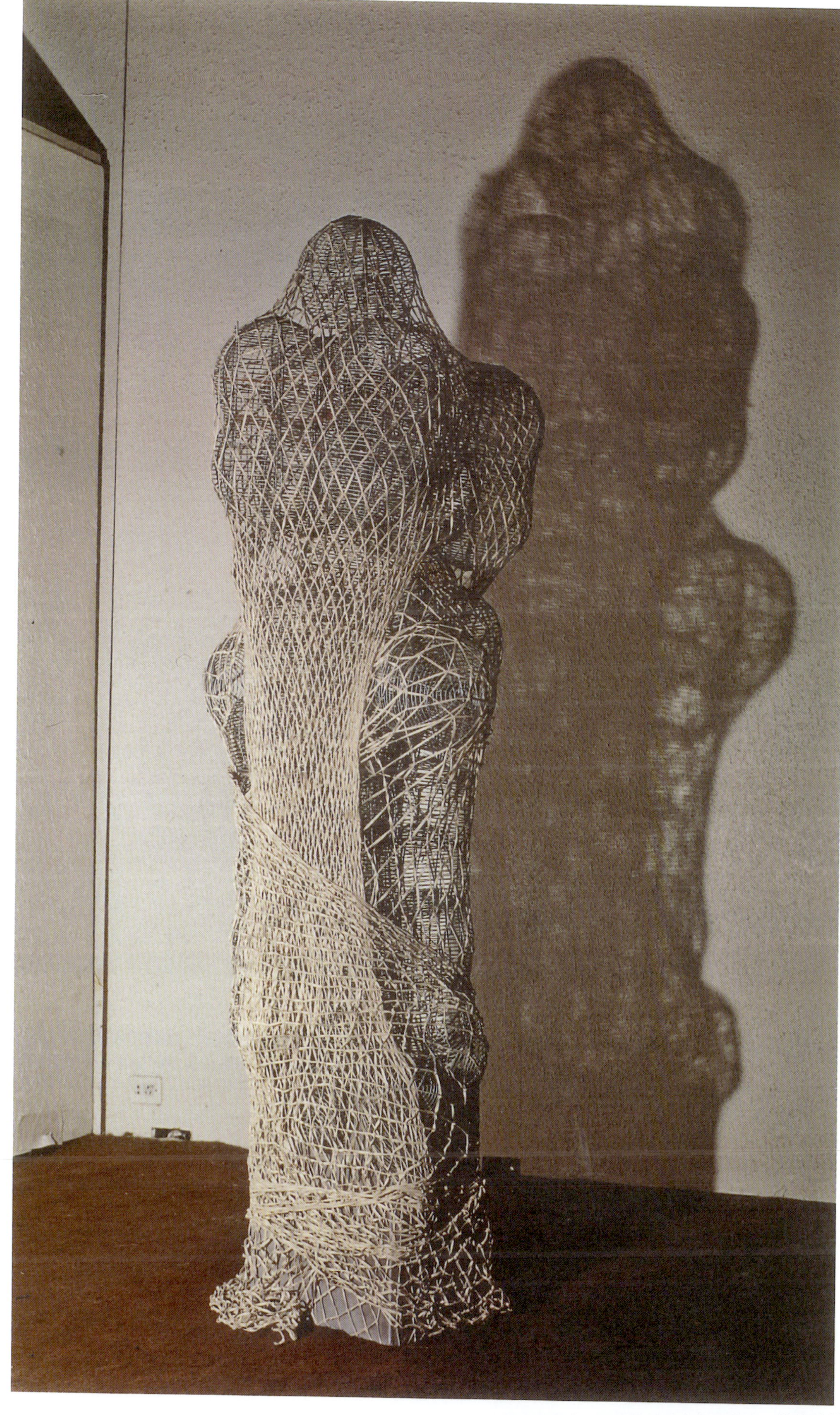

聂小依　　从东方到东方：万曼的挂毯立体而自由，就像他的人生

FIG.2
万曼创作手稿（1987—1988）

FIG.3
万曼，永动 V（*Perpetual Movement V*，1989）
摄影：万曼

1

社会主义兄弟 Brotherhood of Socialism

1932年，马林·伊万诺夫出生于保加利亚。因为父母相继离世，两岁时他便被铁匠夫妇收养，改姓为瓦尔班诺夫。他先在保加利亚的首都索非亚学习雕塑，1953年，随着“二战”结束，社会主义阵营连接紧密，他作为社会主义阵营国家的学生来到中国交换。“万曼”就是他在北京大学学中文时老师给他起的名字。1954年，他进入中央美术学院学习国画和中国的艺术史。一年后，他来到中央美术学院工艺美术系，并在1956年转入刚刚成立的中央工艺美术学院，攻读“编织艺术”的研究生。

工艺美术在当时属于“实用美术”，与“国油版雕”（国画、油画、版画、雕塑）这些被认为是纯艺术的专业不同，工艺与“生产”和“功能”更近，与“创造”和“艺术”更远。在当时，一批艺术家因国家需要而转向了工艺美术。比如万曼的指导老师柴扉教授（1903—1972）最早学油画（当时还叫“西画”），但后来成为染织系的主任。染织专业包括纺织图案设计和织物印染，为轻工业服务。所以万曼在中国不仅遇到了丝绸、棉线，还碰到了如火如荼的纺织厂。但真正改变他人生方向的是北京的一场展览。1957年，法国艺术家让·吕尔萨（Jean Lurçat，1892—1966）在北京展出了自己的壁挂作品。壁挂（tapestry）也叫挂毯，内容常常再现绘画名作，讲述国王和圣徒的事迹。但吕尔萨的壁挂并不模仿绘画——那样依赖的是精确计算经纬线，用多色织线模仿油画和蛋彩画的微妙笔触。相反，吕尔萨回归壁挂在欧洲中世纪时的巨幅物理形态，同时吸收包豪斯的设计理念和巴西艺术，用有限的颜色、明确的线条勾勒事物的形状，喜欢用如黑色、金色和红色的织线，显现出散发光芒的蝴蝶、树叶和太阳。强烈的对比色、狂野的线条，还有重新寻回的编织手法，让吕尔萨的作品和模仿传统油画的壁挂区分开来，凸显织物自身的肌理。

吕尔萨的壁挂是工艺品吗？当然，它们依赖精湛的技艺。而大多数时候，吕尔萨并不亲自编制自己的作品，而是让法国古城欧比松壁挂工作室里的女性完成。19世纪时，欧比松的壁挂制作传统业已式微。万曼后来写道，“编织技术本身发展到巅峰时却带来壁挂艺术的终结，高超的技术反过来摧毁了艺术中的语言和思想审美价值”[1]。壁挂技术发展至成熟，但成熟的地方不过是模仿绘画。吕尔萨在壁挂中的一系列实验启发了万曼去重新寻回壁挂的物理特性，再次发现编织艺术中质朴有力的艺术语言。万曼也自此确认自己的创作将并不仅仅服务于“技艺”和“生产”，还将追求艺术中的美和独创性。

1958年底，万曼离开中国，在漫长的西伯利亚火车上与他同坐的是他的妻子宋怀桂（1937—2006），以及他们的女儿宋晓虹（Boryana Varbanov Song，1957—）。1954年，22岁的万曼在中央美院读书时碰到了17岁的宋怀桂。当时，宋怀桂在油画系念书。因为家庭出身良好，她被学校委派帮助保加利亚的留学生解决在学习生活中碰到的问题。也因为这一机缘，两位年轻人陷入热恋。那时与外国人恋爱尚是禁忌，学校发现后立刻禁止了他们之间的联络，但宋怀桂发明了用辫子向万曼传递信号的方法：一根长辫意味着他们可以相会，两根辫子则是不能。他们就这样继续着地下恋情，直到有一天，宋怀桂在寄信时错把给万曼的信寄给了父亲。恋情曝光，一片反对声。但宋怀桂仍执意与万曼结婚，而她选择了一样的方式——写信——来捍卫自己的权利。这次的收信人是时任总理周恩来。宋怀桂在信中争辩说，中国的法律没有禁止中国人和外国人结婚。几个月后，周恩来回信，并且祝福了宋怀桂和万曼，也提醒她可能碰到的文化问题，请她不要忘记自己的文化。1956年，在中央美术学院的礼堂里，万曼与宋怀桂结成夫妇，这也是新中国的第一例涉外婚姻。

回到保加利亚之后，万曼在首都索非亚的一家印刷纺织厂担任首席艺术家与设计师，宋怀桂进入了美术学院的油画系学习。在他的劝说下，当地的尼古拉·帕夫洛维奇美术学院成立了新的科系，教授纺织与壁挂。万曼也通过竞聘成为美术学院的老师。

1　万曼，《中国古代壁挂艺术的时代精神》，载《万曼之歌：马林·瓦尔班诺夫与中国新潮美术文献集 下》，中国美术学院出版社，2011，第5页。

2　Giselle Eberhard Cotton, ‘The Lausanne International Tapestry Biennials (1962–1995) The Pivotal Role of a Swiss City in the “New Tapestry” Movement in Eastern Europe After World War II’, Textiles and Politics: Textile Society of America 13th Biennial Symposium Proceedings, 2012.

夹缝中的世界之子 Son of the World

保加利亚在巴尔干半岛上，靠近希腊、土耳其和罗马尼亚，但也离西欧不远。艺术家让·吕尔萨推动了瑞士的洛桑从1962年起举办“洛桑国际壁挂双年展”（The Lausanne International Tapestry Biennials），虽然主要以西方艺术家为主，但在第一届的58位参展艺术家里，竟然有10位来自东欧和中欧——冷战之中，那里还是苏联的地盘。[2] 洛桑国际壁挂双年展的这一选择，或许是因为吕尔萨很早就注意到捷克和波兰的壁挂艺术家所进行的材料试验，也或许因为壁挂大多被认为是装饰而非艺术家的主观表达，因而不涉政治。谁都没有想到，这一小众的艺术门类促成了冷战中最持久深入、超越意识形态的跨国艺术交流。

万曼与宋怀桂的合影（1956）

第一届双年展上，大多数展出的作品是传统挂毯，由专业工人编织。但波兰艺术家索非娅·布特雷莫维奇（Zofia Butrymowicz）和玛丽亚·拉斯凯维茨（Maria Łaskiewicz）的作品挑战了人们对挂毯精细、贵重、得体的想象。波兰成为社会主义国家后，编织作为一种属于大众并具有民间传统的艺术形式被官方鼓励，得来比绘画和雕塑更大的自由探索空间，许多艺术家因此转向编织。再加上“二战”中波兰原本的专业挂毯编织工厂损毁严重，艺术家们只得自己动手，用剑麻、汉麻、山羊毛、马毛这些廉价粗砺的材料代替传统挂毯使用的昂贵蚕丝和精纺羊毛。一批颇具实验性的作品因而诞生。它们突出材料的粗糙质感，让壁挂彰显自身的体积，脱离叙事和具体，趋近抽象和写意。虽然这些作品在第一届双年展上引来批评，但让·吕尔萨和双年展的支持者保利（Pauli）夫妇坚定地继续邀请着东欧和中欧艺术家，其中也包括万曼。

1971年，万曼和宋怀桂合作的壁挂《构成2001》（*Composition 2001*）在第五届洛桑国际壁挂双年展展出。这件筒状的作品从屋顶垂挂而下，宽大织片围拢其上、若即若离，织片下还缀着帘幕般的织线。不过，壁挂怎么不是一张毯子了，怎么卷了起来，变成了悬浮在空中的一个筒？很有可能，万曼是受到了同时期波兰艺术家玛格达莲娜·阿巴康诺维齐（Magdalena Abakanowicz）《红色阿巴康》

（*Abakan Red*）的启发。在这件巨大的作品中，一片巨大的红色织布形如心脏，但艺术家仿佛挑衅一般，从心脏的中央垂直拉出四米长的红色条带，如鲜血喷涌而出。1969年，这件作品出现在第四届洛桑国际壁挂双年展。阿巴康以她自己的名字为其命名，宣告着她的创造不再囿于壁挂、纺织的种种门类和传统，而仅仅为了自身表达。从20世纪60年代末起，洛桑国际壁挂双年展推动了壁挂这一形式从二维走向三维，也让“壁挂”这一称谓渐渐让位于其他称呼，比如织物（textile）和纤维（fibre）艺术。

万曼在20世纪70年代的创作也在这一脉络中，他的作品时而探索东欧当地历史悠久的姓氏和传统图案，时而借着纤维尝试更具情感性的表达，时而从平面和立体几何出发探索多层结构的关系。这一时期，不管是用整块布片围合，还是用平面上掏空的方式，空间都被引入了万曼作品的内部。他研究了保加利亚当地传统的编织手法，也广泛融汇地中海、土耳其和巴尔干半岛的艺术影响，在具体的作品中处理不同问题，尤其是如何将传统和当代、抽象和具象、材料和情感之间的张力转化为作品的表现力量。

随着万曼获得更多国际上的认可，他受邀在布拉格、巴黎、悉尼、中国等地举办展览和授课。1975年，万曼受邀加入巴黎国际艺术城（Cité internationale des arts）。国际艺术城在巴黎的市中心，作为艺术家驻地项目，它邀请和支持各国艺术家在这里一同创作和生活。这一年，宋怀桂以及女儿宋晓虹、儿子宋晓松也移居巴黎。在保加利亚政府的批准下，万曼可以在巴黎长居，参加展览。这些在西方的展览并不强调他的国籍，他和法国艺术家一起展出，成立了壁挂艺术家组合，还被当地画廊代理。在冷战铁幕下的20世纪70年代，万曼反复穿梭于不同阵营和国家。这当然不仅仅是因为幸运。对世界各地艺术、文化和普通人的好奇心，期待被不同文化和地域的人们理解，让万曼放弃了体制的安定与庇护，开始了自己的漂泊。

FIG.4
万曼和宋怀桂在《构成2001》（*Composition 2001*，1969）前

FIG.5
万曼，管风琴（*Orgue*，20 世纪 70 年代末期）

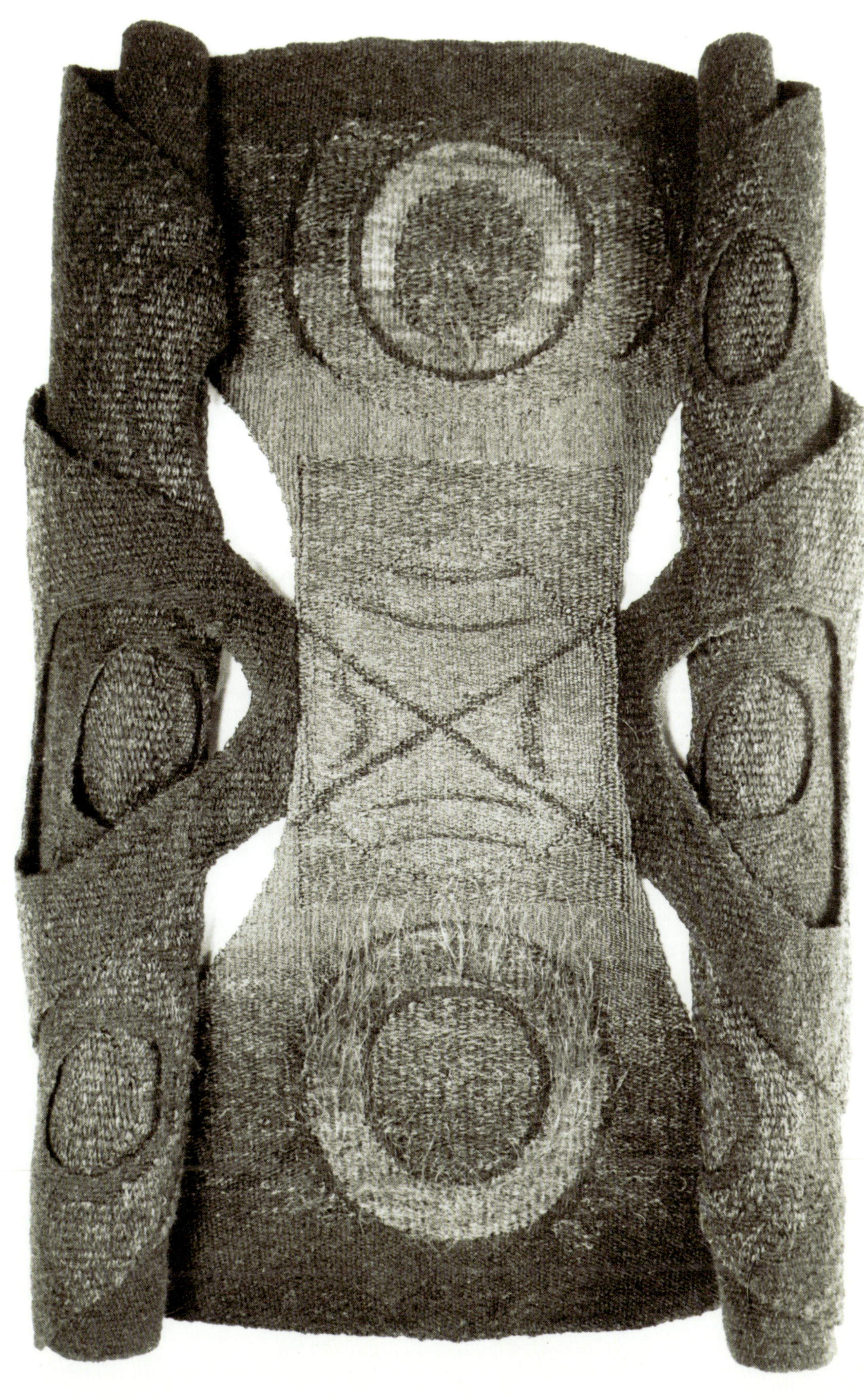

FIG.6
万曼，拜占庭（*Byzance*，1979）

FIG.7
万曼，自画像（*Self Portrait*，1989）

1980年，宋怀桂回到了北京。宋怀桂当时有了一个新身份，即法国品牌皮尔·卡丹（Pierre Cardin）的中国代表。那时，大多数国人尚不知晓“时尚”为何。回到中国的宋怀桂从菜场、毛线厂、电影学院抓来懵懂的年轻人，说服他们参加模特训练。她在北京饭店办了中国第一场时装秀，还将皮尔·卡丹的巴黎高级餐厅马克西姆在北京复刻。在她的打理下，马克西姆饭店成了当时的外宾社交地。她接待过来拍《末代皇帝》的贝托鲁奇和尊龙，泡在这儿喝咖啡的张国荣和阿兰·德龙。而对待刚刚登台的年轻人，她会大方免单、慷慨照顾——姜文说她特别仗义，而崔健在这个免于审查的化外之地举办了好多场演出。

万曼也回到了中国，常常待在北京饭店的咖啡厅。在那儿，他认识了当时在中央美术学院史论系就读的侯瀚如。策展人侯瀚如后来回忆了他们的相识：

> 有一晚我和几个同学，有香港的，有留学生，就在北京饭店饮咖啡，坐在一起当然是谈艺术，咖啡是20多年都无变过，而沙发是红色大圆形的，不知你有没有印象。80年代的北京饭店当时我们叫它international zoo（国际动物园），所有去北京的牛鬼蛇神全在这里出没，你可以见到电影明星和导演，像Antonioni（安东尼奥尼）。有一天我们坐在一起喝咖啡，突然有人回过头，操很纯正的北京话对我们说：“你们是美院的吗？”我一看，是一个白头发的西方男人，五六十岁，他很流利的中文吓了我们一跳，他说他也是我们的同学，原来他是万曼。[3]

那时，万曼已经开始用“soft installation”讨论自己的创作，侯瀚如把这个词汇翻译为“软雕塑”。就像万曼会在咖啡馆主动跟当时还在读大学的侯瀚如搭话一样，他在北京没有矜持等待展览，也没有阿谀奉承。通过他的母校中央工艺美院，他找到了一座已经废弃的地毯厂，召集年轻学生一起创作。1985年，在侯瀚如的策划下，他们租下当时北京国家博物馆（现在叫中国美术馆）的一块空间。万曼和创作上受他影响的青年艺术家穆光、赵伯巍、韩眉伦举办了“当地艺术壁挂展”。万曼的“软雕塑”，以及1985年也在北京举办的美国拼贴艺术家罗伯特·劳申伯格（Robert Rauschenberg）的展览，一起向中国艺术家介绍了“装置”（installation）这个词——与雕塑不同，装置意味着更加丰富的材料和使用方式。劳申伯格用垃圾、布料、照片、报纸这些现成的物品拼贴，震撼了中国艺术家；相比之下，万曼的确也介绍了新观念，但他很谦逊，更迫切地想让这里的年轻人加入探索。

1984年，在巴黎国际艺术城，万曼遇到了浙江美术学院（即后来的中国美术学院）的几位老师。两年后，万曼受邀到杭州授课。虽然只面对工艺美术系的六七位学生，但是万曼展现出惊人的热情和兴奋。学生后来回忆，万曼总是深夜时还在工作，因为白天他的工作室总是有很多其他系的学生和老师过来找他聊天。按照他学生施慧的说法，“一个外国教授来到这个学校，那是一个很大的事情”，而万曼从不吝啬自己的时间。在他的推动下，浙江美院和浙江美术地毯厂一起成立了“万曼艺术壁挂研究所”。他也如愿建起了壁挂车间，带领学生做作品，并要把他们的作品送进第13届洛桑国际壁挂双年展。在他的指导下，分别由谷文达、施慧与朱伟、梁绍基创作的三件大型作品获选，中国艺术家第一次在洛桑国际壁挂双年展上出现。随后几年，更多万曼学生的作品出现在了中国香港、瑞士、日本和英国。

杭州的夏天潮湿闷热，让人挥汗如雨，穿着老头衫和大短裤的万曼和学生们一起守在织机旁。面对外部世界时，万曼慷慨而热忱，希望让更多人看到壁挂艺术。在回转到内部时，万曼长年累月在深夜工作。他很少讲话，但会一直面对着织机、织线，绝不放弃亲手编织。万曼艺术壁挂研究所的建立，虽然和当时中国各地正在发生的轰轰烈烈的“85新潮美术运动”同期，但以壁挂为名的艺术实验非常边缘。虽然像梁绍基等几位学生在20世纪90年代参加了西方关注中国当代艺术的众多展览，但跨越国界的壁挂、编织艺术的影响甚少成为被提及的元素。壁挂和编织艺术也在大多数西方艺术机构和藏家的青睐之外。万曼并不认为人们需要创造“先锋艺术”这样的概念，也不想让作品为任何理论注解。但很实际的是，人们的确需要概念的指引，在艺术的探索中校准方向、聚集力量。常常，在门类之内的突破成了艺术家短时间内的追求。而“壁挂艺术”，在20世纪60年代开始成为一个时兴门类之后，也经历了这样的现象，逐渐失去了早先的活力。万曼写道：

> 在80年代初，壁挂艺术家急于创新的愿望消耗了他们的活力，并使壁挂艺术陷入迷茫的局面。机械式无止尽地否定前人的发现和创造是不充分和不踏实的，发明变成了发展的沉重负担。[4]

对万曼而言，更准确的艺术动力，便是每一位艺术家需要找到自己的艺术语言与传统、历史和当下世界连接的方式。身处中国现代艺术大潮之外，面对壁挂艺术运动的衰落，万曼忧心却也葆有一方安静空间。万曼坚信艺术语言的力量。曾经执教于中国美院新媒体系的张培力说“语言就是政治”。而对在90年代初陷入中西艺术系统对立，论究当代艺术是否要有民族性的中国当代艺术来说，万曼艺术语言中的政治是，艺术应超越具体的立场与地域之分。艺术家的创作受到了种种来自不同文化的影响，但创作并不需要仅仅成为对社会周遭的反映。他相信“地球上的每一个地方都存在着一个古老而普遍的真理留下的痕迹，即‘对美的完善’”。这样看来，万曼回到中国，或许也是因为他要重新进入到丰厚的文化和文明之中，而不是仅仅在艺术门类里做发明：

“中国壁挂艺术展1987”上海展览中心展览现场
来源：《万曼之歌：马林·瓦尔班诺夫与中国新潮美术文献集 上》

> 以本人最近三四年间在中国所累积的经验与25年来在西方工作的经验作比较，……我所得出的结论是：20世纪80年代末，我们能在远东，特别是在中国找到现代壁挂艺术的新思想的发展前途……[5]

在杭州，万曼用竹子、松紧带这些新材料做试验，研究中国的缂丝技术，还将目光投向了古老的丝绸之路。万曼在1987年的作品《丝绸之路遐想》里运用了丰富的色彩，绛紫、深棕、青绿、宝蓝，布满纵向和横向条状纹理的织物间出现了三幅色彩不同但神形相似、源自敦煌莫高窟的菩萨像。当菩萨像进入万曼的编织，万曼在剧烈改变着他过去的创作，重新接近叙事和图案。那几年，万曼还在更基础的层面上试验着抽象，通过线条探索在空间中结网。这些网本身没有固定形状，但可以在空间中被暂时固定，拉出三维结构。在他的草图里，线条如同要为空间中万物之间的联系赋形；网带来的并非压迫，反而显露出从此到彼的流动。万曼想象中的网，铺天盖地，如层层叠叠的楼宇矗立在西湖水面上，小舟将要划入其中，杭州的山峦也相形见绌。

1988年，万曼爬上梯子，尝试在半空将网抛出，以获得一个更洒脱的形状。但他不慎摔下。住院后，万曼查出癌症，一年后在北京匆匆病逝。万曼去世后，杭州的研究所很长时间并未招收新的学生，几近凋零。而一直留在学校任教的施慧，在辗转于环境艺术系和雕塑系之后意识到，“万曼在美院只留下两三个学生，如果我们不去创建这个学科的话，那么（万曼）就后继无人了”。2003年，施慧在中国美术学院雕塑系成立了纤维与空间艺术工作室，开始编辑万曼的画册；10年后，她推动杭州举办纤维艺术三年展；2021年，“纤维艺术”在教育部层面被确立为一个学科。施慧花费近20年时间才抵达这一结果，其中的耐心和坚持难以估量，而在她所有的讲述中，这一切总会回到来到中国的万曼，回到1986年杭州炙热的夏天。

结语　　Epilogue　　4

人们有关万曼的回忆总是在鲜活的现场，仿佛所有事物因万曼而交织相连。万曼的一生自由广阔，但他的自由也并非虚无缥缈、自得其乐。他从保加利亚来到中国，从东欧来到社会主义的东方。在政治禁令下执着相爱，在保加利亚不留恋教授职位，在冷战未结束时前往西方又拒绝更改国籍。每一步，他都知道自己珍惜什么：那里的文化和风土，那里的有情人和有志者。宋晓虹说父亲在创作时具有“多语性”，或许，这首先是因为万曼特别善于聆听这个世界里不论何时何处都存在着的，万物曼妙的声音。

3　侯瀚如，“未来的材料记录 1980—1990 中国当代艺术”，亚洲艺术文献库，2008 年 1 月 9 日。

4　载《万曼之歌：马林 · 瓦尔班诺夫与中国新潮美术文献集 下》，中国美术学院出版社，2011，第 20 页。

5　载《万曼之歌：马林 · 瓦尔班诺夫与中国新潮美术文献集 下》，中国美术学院出版社，2011，第 20 页。

FIG.8
万曼，丝绸之路遐想（*The Silk Road*，1987）
来源：《万曼之歌：马林·瓦尔班诺夫与中国新潮美术文献集 上》

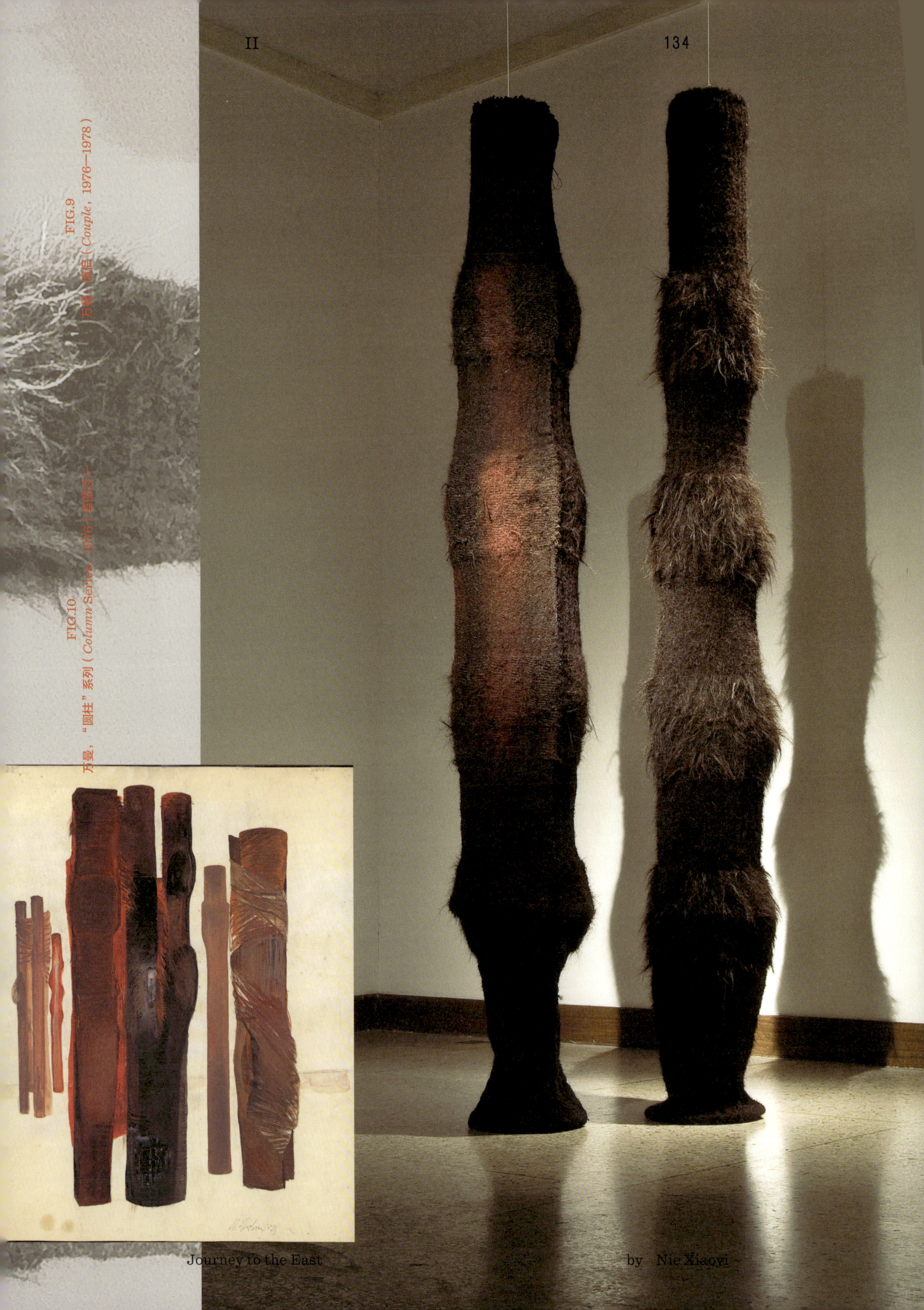

FIG.9
万曼，情侣（*Couple*，1976—1978）

FIG.10
万曼，“圆柱”系列（*Column* Series，1976）草图之一

FIG.11
20 世纪 70 年代，万曼在巴黎国际艺术城的工作室
摄影：郭英声（Kuo In-Sen）

背向世界而画

136 Paint with My Back to the World

1912年3月，艾格尼丝·马丁出生于加拿大一个偏远农场。她发展出她标志性的画作——在六英尺高、六英尺宽的画布上，浅浅画下横向和纵向的宽条带，它们的颜色被一位评论人描述为婴儿吸管杯（Sippy Cup）的颜色：浅粉、淡蓝、鹅黄……马丁发展出这些画作的时候，已经是60多岁。在此之前，马丁经历了被母亲厌弃的童年、短暂的纽约生活。

在新墨西哥州做过艺术老师，做过服务员和其他职业，近30岁才开始职业艺术家生涯。20世纪60年代抽象表现主义艺术席卷纽约时，马丁也在（她和波洛克是同年出生），但马丁的创作并不是挥洒浓墨重彩。饱受精神疾病困扰的她，在创作里回溯早年时参加的一场铃木大拙讲座带来的禅宗启发，将她的具象和抽象的题材转化为一笔一笔、仔细描画的横平竖直的线条。观众细看时，也能觉察到其中细微的笔触颤动，其中是马丁倾注的时间、呼吸和情感。1967年，她舍弃了整个纽约的艺术世界，并在18个月后开着一辆皮卡出现在新墨西哥州荒僻的山丘上，独自砌砖筑屋。在其后多年的隐居里，马丁像她自己说的那样，“我背向世界而画”（I paint with my back to the world），但色彩是在她的世界逐渐变得纯净的这段时间，才逐渐重新染上画布。那她描绘的到底是什么呢？或许可以看看标题——《无题（友谊）》《无题（爱）》《无题（云）》《清澈的一天》。

值得一提的是，在纽约那段时间，她一直逃避着自己的创作与女性主义的关系的问题，甚至说过“我不是女人”（I am not a woman）。而这回答背后，是马丁曾经有过女性爱人和当时的反同性恋气氛，以及艺术界多年来对“女性艺术家”与“伟大艺术家”之间二选一的描述。

艾格尼丝·马丁
Agnes Martin

艺术家 / Artist

Untitled #13（1984）
来源：Christie's Images, London/Scala, Florence

Untitled（1978）
来源：The Museum of Modern Art, New York/Scala, Florence

Untitled #13（1975）
来源：Christie's Images, London/Scala, Florence

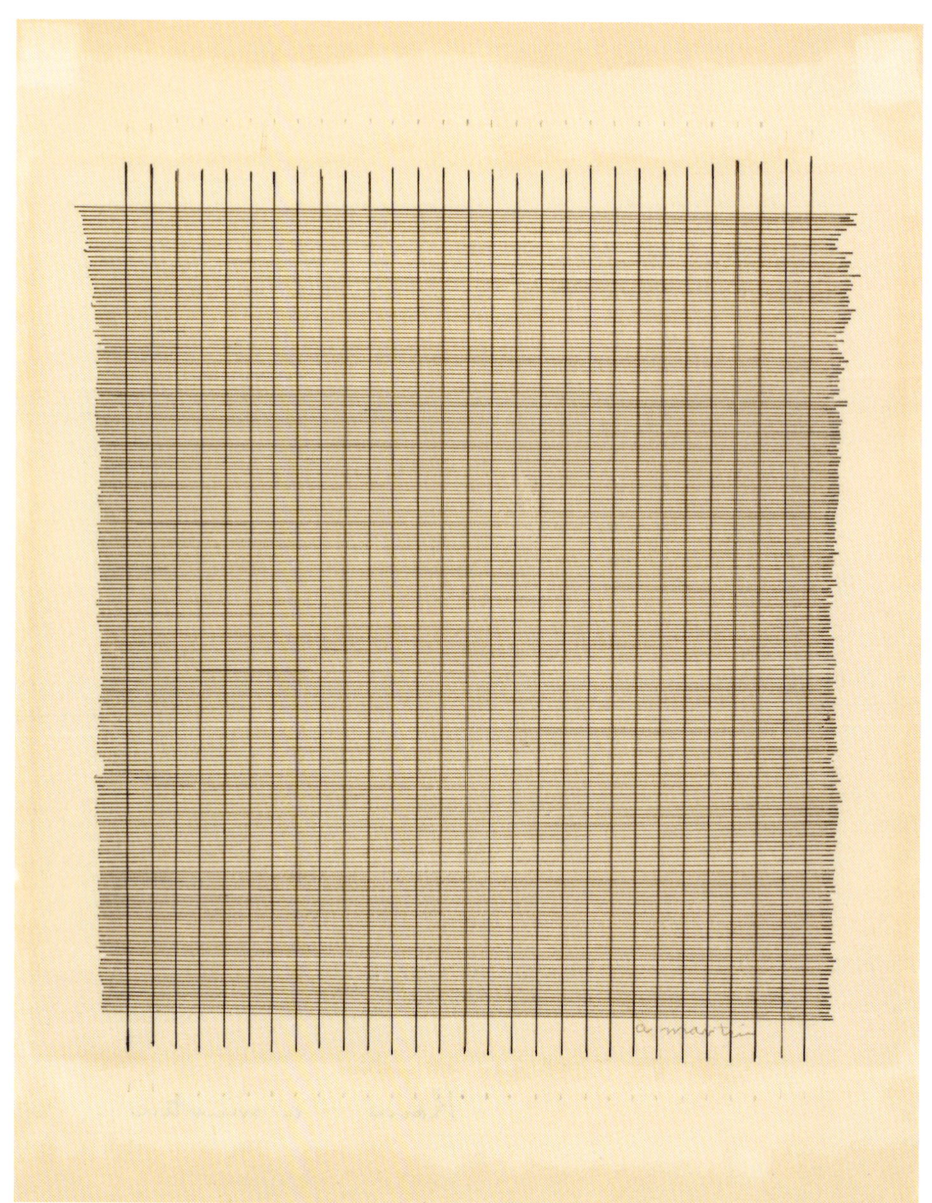

Tremolo（1962）
来源：The Museum of Modern Art, New York/Scala, Florence

Untitled（1961）
来源：Ackland Art Museum, The University of North Carolina at Chapel Hill / Art Resource, NY/Scala, Florence

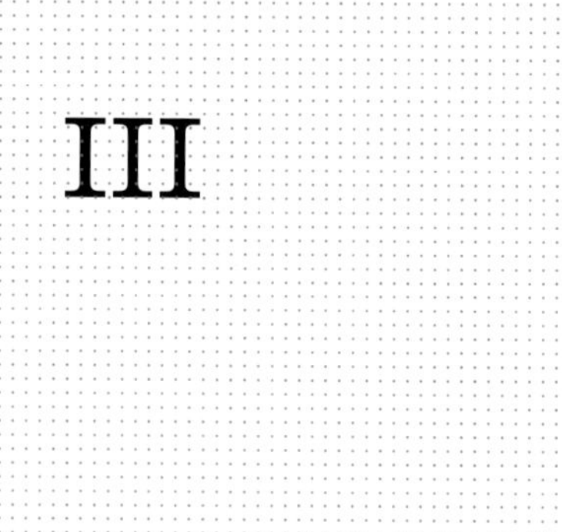

III

Smartphone
智能手机

李松鼠 Li Songshu
摄影 / Photography

韩炳哲 Byung-Chul Han
撰文 / Text

谢晓川 Xie Xiaochuan
翻译 / Translation

节选自《非物》
Selected from *Undinge*

143

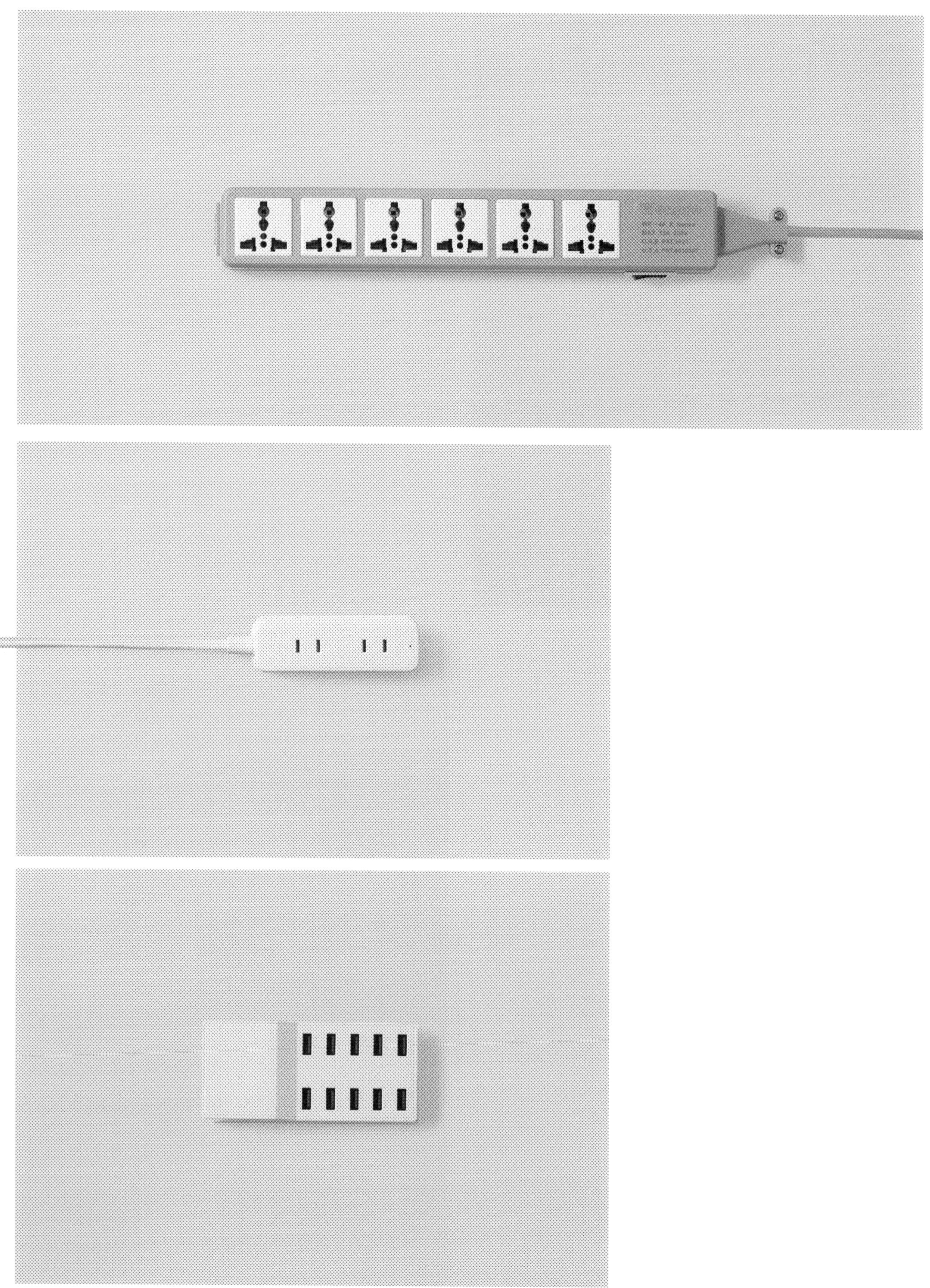

在电话机发展历程的开端，它身边围绕着一种命运力量的灵韵。电话机的嗡嗡声响就像是人在给自己下达指令。在《柏林童年》中，本雅明描写了他作为孩子无助地受到这种设备的离奇力量主宰的情景："在那段时间里，电话机被丢弃了出来，歪扭着悬挂在放脏衣服的箱子和煤气表中间，在后走道的一个角落里，在那里它的声响反而让柏林的住处变得更加令人恐慌了。为了平息这个动荡，我爬了很久，穿过昏暗而狭窄悠长的房间，已经不再有力气控制我自己，我把有着哑铃重量的双头听筒拉扯下来，把头压在两个听筒中间，听筒里传出的声音无情地主宰着我。没有任何东西能削减这个声音施加给我的离奇力量。这个声音窃取了我对时间、义务和决心的心念，让我的思考变得空空如也，我变得昏昏沉沉的，而就像灵媒（Medium）听命于头顶神明强令它的声音那样，我也听从了电话机里传给我的第一个最佳建议。"[1]

灵媒是音讯（Botschaft）。昏暗走道里嗡嗡作响的电话（它的听筒有着哑铃的重量）先行安排好了音讯的形态，赋予它某种离奇的东西。这样看来，最初电话通话的嘈杂声是"夜晚的密语"[2]。我们今天装在裤子口袋里随身携带的手机则不具有这种"命运的沉重"。它轻薄且便携。我们确实可以掌控着它。命运是某种让我们变得不可移动的陌生力量。作为命运的声音，音讯也极少允许我们有自由发挥的空间。智能手机的移动性则给予了我们自由的感觉。它的声响不会惊吓到任何人。关于移动电话的任何事物都不会让我们陷入无助的被动性。没有人会被他者的声音支配。

在智能手机上不断地上下点击和来回滑屏仿佛成了一种宗教仪式般的姿势，它极大地影响了人们和世界的关系。我不感兴趣的信息将会很快被滑走。反过来，我所喜爱的内容则会被指尖滑动放大。我完全掌控着世界。世界是以我为尺度而建立起来的。就此而言，智能手机强化了"以自我作为关系中心的特性"（Selbstbezogenheit）。我用上下点击的方式让世界服从于我的需求。对我来说，世界显现在完全可控的数字化外观中。

1 Walter Benjamin, *Berliner Kindheit um Neunzehnhundert*, in: ders., Gesammelte Schriften IV.I, a.a.O., S. 235–304, hier: S. 243. 鉴于原文和译文的语境，此段译文译者没有采用现有的中译文，而是自译。此段现行中译文可参见：瓦尔特·本雅明，《柏林童年》，王涌译，南京大学出版社，2016年，第18页。——译者注

2 "夜晚的密语"，德语原文为Nachtgeräusche，出自本雅明《电话机》这篇散文的第一段："最初电话通话的嘈杂声在我耳朵里留下的回响，肯定完全不同于今天的电话通话；它们是夜晚的密语。但是没有缪斯来传达。"本雅明在此反用了德语文学中出现过"缪斯夜间向失眠的诗人密语传音"的典故，该典故可参见瑞士德语诗人（转下页）

（接上页）康拉德·费迪南·迈耶（Conrad Ferdinand Meyer）的短诗《夜晚的密语》头两行："缪斯，请将夜晚的密语传给我吧，它们涌入无眠之人的耳中！"（Melde mir die Nachtgeräusche, Muse, die ans Ohr des Schlummer-losen fluten!）此处本雅明的译文同样与现行中译"夜晚的声音"不同。现行中译参见瓦尔特·本雅明，《柏林童年》，王涌译，南京大学出版社，2016年，第17页。——译者注

3 Roland Barthes, *Mythen des Alltags*, Frankfun/M.2010, S.198.

罗兰·巴特认为，触觉是"所有感觉中最为强力地祛除神秘化的感觉，它与视觉不同，视觉是最神秘化的感觉"[3]。严格词义上的美是不可触碰的。这种美要求保持距离。面对崇高，我们敬畏地后退。在祈祷的时候，我们张开双手。触觉消除距离。它无法达到惊叹。它祛除了它的对立物的神秘感，祛除了这一对立物的灵韵，将其世俗化。触摸屏扬弃了他者的否定性，扬弃了无法获取的事物的否定性。它将触觉的强迫普遍化，让一切都变得可以获取。在智能手机的时代，甚至视觉也屈从于触觉的强迫，失去了它具有魔力的维度。视觉失去了惊叹。消除距离的、消费性的观看接近于触觉，它亵渎了世界。对这种观看来说，世界只出现在其可以获取的特性当中。上下点击的食指让一切都变得可以被消费。订购商品或者食品的食指不可避免地将它的消费性特征传导到了其他的领域。食指所触碰的一切都变得具有了商品的形式。在使用Tinder的时候，食指将他者变成了性欲的对象。在被剥夺了他的"他异性"（Andersheit）后，他者也变得可以被人消费了。

在数字化交流中，他者越来越少具有当下在场的特征。我们通过智能手机将我们自己收回到屏蔽他者的气泡中。在数字化交流中往往也会略去他者。人们不会特地给他者打电话。我们更愿意给他者发信息而非打电话，因为我们不会在文字上受到他者的控制。就此而言，作为声音的他者消失了。

用智能手机来交流是一种去身体化的、无视线的交流。共同体具有身体的维度。因为缺少身体性，数字化交流削弱了共同体。同样，视线让共同体变得稳定。数字化则让作为视线的他者消失了。数字化时代的人们缺少共情，视线的缺席同样也要为此负责。儿童的联系人都局限在智能手机上，这就已经阻碍了他的视野。正是在母亲的视线中，儿童才获得了支持、自我确认和共同体。视线建构了最原初的亲近之物。有缺失的视线会导致人们自我关系以及与他者关系的紊乱。

智能手机不仅仅是电话机，它首先是图像与信息的媒介。这就让智能手机与传统的手机区分开来。在人们把世界对象化为图像的那一时刻，世界才变成了能够为人所获取和消费的世界。智

能手机通过把世界生产（herstellen）为图像，确立（stellen）了世界，这即是说，它获得了世界。因此，摄像头与屏幕发展成了智能手机的核心要素，因为它们强力促进了世界的图像生成。数字化图像将世界变成了可以获取的信息。未来文明的步伐将会超越世界的图像生成。这一未来的步伐在于从图像中生产出世界，即生产出一种超实在的现实性。

*
* *

作为客体的物构成了世界。“客体”（Objekt）这个词源于拉丁文动词obicere，它的含义是对立放置、对立投放或者反对。这个词本身就有对立的否定性。在词源上，客体是某种与我相对峙的、和我对立放置并且反对着我的东西。数字化客体没有拉丁语动词obicere的否定性。我所经验到的数字化客体不是对立的东西。智能手机之所以是智能的，原因在于它具有反现实的特质。它的平滑表面就已经传达出了一种没有对立阻碍的感觉。在其平滑的触摸屏上，一切都显得那么顺手和讨喜。可以通过点击或者手指触发来达到和获得一切。借助它光滑的表面，智能手机具有了光滑润手的数字化按摩石（Handschmeichler）功效，这种数字化的按摩石为我们永久解锁出了“点赞”。数字化媒介虽然有效地克服了时空中的对立，但是对立的否定性却是经验的关键。数字化的无对立特性、智能的周遭环境导致了世界和经验的匮乏（Welt- und Erfahrungsarmut）。

智能手机是我们时代的头号信息设备。它将世界还原为信息，由此它不仅让许多物变成了多余的东西，而且也祛除了世界的物化。智能手机上的物特征也因为信息的缘故而退居后台。人们不会特别感知到它的物特征。几乎很难依据外表来区分智能手机。我们完全通过智能手机来观看信息的场域。类比来看，钟表虽然也为我们提供了与时间有关的信息，但钟表不是信息设备，而是一种物，也可以说是一种饰品。物的特征是钟表的核心组成要素。

受信息和信息设备支配的社会无需装饰品。智能手机是我们时代的象征。在它身上没有任何过度装饰的东西。平滑与方正主导着它。而由它所产生的交流也缺乏优美形式的魔力。在这种交流中占据主导地位的是直来直往，它通过情绪而得到了最佳的表达方式。智能手机进一步锐化了这种超量的交流（Hyperkommunikation）；超量交流拉平了一切，让一切都变得丝滑，最终让一切一体化。我们虽然生活在"诸多单数的社会"中，但悖谬的是，在这个社会中却极少出现唯一的单数，极少出现不可比拟的事物。

无论在什么地方，我们今天都会掏出手机，将我们的感知委托给这个装置。我们通过屏幕来感知现实。数字化的窗口将现实稀释为我们会随后记录下来的信息。这里不会出现任何与现实的物性联系。现实失去了它的当下在场状态。我们感知到的不是现实的物质波动。感知失去了身体。智能手机祛除了世界的现实性。

物没有窥视我们。因此我们信任物。相反，智能手机不只是一部信息设备，它也是一部极为高效的信息泄露设备，它长久地监视着它的使用者。获悉智能手机算法的内部机制（Innenleben）的人，有理由觉得自己会被智能手机追踪。我们被智能手机掌控和编码。不是我们在使用智能手机，而是智能手机在使用我们。真正的能动者是智能手机。我们受到这台信息泄露设备的支配，在这台设备的背后有不同的能动者在驾驭着我们，在控制着我们转向。

智能手机不仅具有解放人的面向。"一直能够被人找到"的特性与仆人的特性没有根本上的差别。智能手机表明自己是一座移动的强制劳动场所，而我们自愿被关在里面。此外，智能手机是色情影像电话（Pornophone），我们自愿让自己裸露。它的功能就像是一把移动的审讯坦白椅。它用另一种形式延续了"坦白椅的神圣统治"[4]。

4 Ernst Troeltsch, *Epochen und Typen der Sozialphilosophie des Christentums*, in: ders., Gesammelte Schriften, hrsg. Von H. Baron, Tübingen 1925, Band 4, Aufsätze zur Geistesgeschichte und Religionssoziologie, S. 122–155, hier: S 134.

每一种统治都会有它自己的虔信者。神学家恩斯特·特勒尔奇就提到过“大众对给人带来镣铐的虔信对象的想象”[5]。这些虔信的对象通过将自身变成习俗并且在身体中扎根，他们巩固了统治。“虔诚”意味着服从。智能手机将自己定位为新自由主义体制的虔信对象。作为一种让人服从的设备，它就像十字架念珠一样；十字架念珠和数字化穿戴设备相似，都是移动的且触手可及的东西。“点赞”是数字化的“阿门”。我们点击“点赞”按钮，也就是让自己臣服于统治的整体。

5 Ernst Troeltsch, *Epochen und Typen der Sozialphilosophie des Christentums*, a. a. O., S 135.

像脸书或者谷歌这样的平台则是新的封建领主。我们不辞辛劳地耕种着它们的土地，生产出它们随后用以牟利的宝贵数据。尽管我们被全面地剥削、监视和控制，但我们仍觉得自己是自由的。在一个剥削着自由的体系中，反抗无法成形。统治与自由相结合，只有在这个时刻，统治才变得完满。

新自由主义的体制本身就是智能的。智能权力不是通过命令与禁令来运作的。它不是驯服我们，而是让我们产生依赖和渴望。它不是要打破我们的意志，而是要利用我们的欲望。它想要我们给它点赞。它是放纵的而非压抑的。它没有强制我们沉默。相反，我们长久地受到鼓励和刺激，要分享我们的意见、偏好、需求和愿望，要和人们一起分享，甚至是讲述我们的生活。这种智能权力以全然和善的方式，甚至是智能的方式出现，它以此让它的统治变得不可见。臣服的主体从未意识到他的臣服状态。这个主体误以为自己是自由的。资本主义在“点赞”资本主义中变得完满。基于这种资本主义的放纵特性，它无须担心反抗，无须担心革命。

*
* *

我们与智能手机之间有着几乎算是共生的关系。鉴于这种共生关系，现在可以认为智能手机是一个过渡性客体。精神分析学家

6
Donald Winnicott, *Vom Spiel zur Kreativität*, Stuttgart 1975, S.11.

7
Tilmann Habermas, *Geliebte Objekte Symbole und Instrumente der Identitätsbildung*, Berlin / New York 1996, S.325.

唐纳德·温尼科特将那些让儿童可以确定无疑地过渡到现实的物称为过渡性客体。只有借助过渡性客体，儿童才能够为自己创造出游戏空间，创造出“居于媒介之间的空间”（intermediärer Raum）[6]，在这个空间中“放松自己，仿佛置身在一个安全的、没有争吵的栖息地”[7]。过渡性客体建构出了通往现实的、通往他者的桥梁，而儿童童真式的全能幻想则看不到这个他者。儿童很早就能够伸手触及对象，比如被子或者枕头的角部，以便把它们塞到嘴里或者去抚摸它们。随后他们会把一整个客体占为己有，比如人形玩偶或者布偶动物。过渡性客体实现了这一对生命颇为重要的功能。它们给儿童传递了一种安全的感受。它们祛除了儿童对孤独的恐惧。它们创造了信任和安全感。多亏了过渡性客体，儿童从容地长大，进入世界。过渡性客体是最初的世界之物，它们稳定了儿童早期的生命。

针对过渡性客体，儿童建构了一种非常深入的、内在的关系。过渡性客体既不应被改变，也不应被清洗。任何东西都不应干扰这种亲近的经验。如果儿童丢失了他喜爱的过渡性客体，他就会变得恐慌。过渡性客体虽然是他的占有物，却有着某种程度上的独立生命。在孩子面前，它表现为一个独立的、人格化的对立物。过渡性客体开创了一个儿童和他者相遇的对话空间。

如果丢失了智能手机，我们就会变得恐慌。我们和智能手机也有一种亲密关系。因此我们很不乐意将它交到其他人手里。由此可以把智能手机理解为过渡性客体、理解为数字化的泰迪熊吗？“智能手机是自恋的客体”这一事实就与过渡性客体相矛盾。过渡性客体体现的是他者。儿童和它交谈、偎依着它，就好像它是另外一个人一样。但是没人会偎依着智能手机。没人会特地将智能手机感知为面对面的人。不同于过渡性客体，它也不是不可取代的心爱之物。我们每隔一段时间就会去买新的智能手机。

过渡性客体缔造了人们与他者的关系。我们和智能手机反而有一种自恋关系。智能手机揭示出许多与所谓的“自闭症客体”相似的东西。我们可以将这些相似的东西命名为“自恋的客体”。过渡性客体是软性的。儿童可以紧贴着它。在紧贴着过渡性客体时，儿童注意到的不是自己，而是他者。自闭症客体是硬性的：“客体的硬度让儿童可以通过操纵与按压来注意到他自己而非客体。”[8]自闭症客体缺少他者的维度。它们也不会激发想象。与它们打交道，是重复性的活动而非创造性的活动。重复、强迫也成了人们和智能手机关系的标志。

虽然和过渡性客体类似，自闭症客体是对缺失的关联人的替代，但是自闭症客体将这种关联人对象化为一个客体。它们拿走了关联人的他异性：“借由自闭症客体，我们给出了这样一种极端的例证：对象取代了人，甚至这些对象会直接被人用来逃避无法衡量的东西和永远会出现的分离（自主行动的人与人的关系不可避免会产生这样的分离）。而更极端的是：这些对象会让人完全不把他人感知为人。”[9]智能手机和自闭症客体的相似性不容忽视。有别于过渡性客体，智能手机是硬性的。智能手机不是数字化的泰迪熊，毋宁说它是自恋的、自闭症的客体，人们在这个客体中主要注意的是他自己。因此，智能手机也摧毁了共情。通过智能手机，我们退缩到自恋的场域中，这个自恋的场域让我们免受他者不可衡量之特性带来的苦恼。智能手机将他者对象化为客体，由此它让人们能够获取他者。智能手机从第二人称的“你”中制造出了第三人称的“它”。他者的消失正是智能手机让我们变得孤独的本体论原因。我们今天之所以会以强迫的方式来交流，之所以会过度地进行交流，正因为我们是孤独的并且觉察到了空虚。但是这种超量的交流却不会带来充实。它只是深化了孤独，因为这种超量的交流缺乏他者的当下在场。

8 Ebd., S.336.

9 Ebd., S.337.

像素

Pixels

157

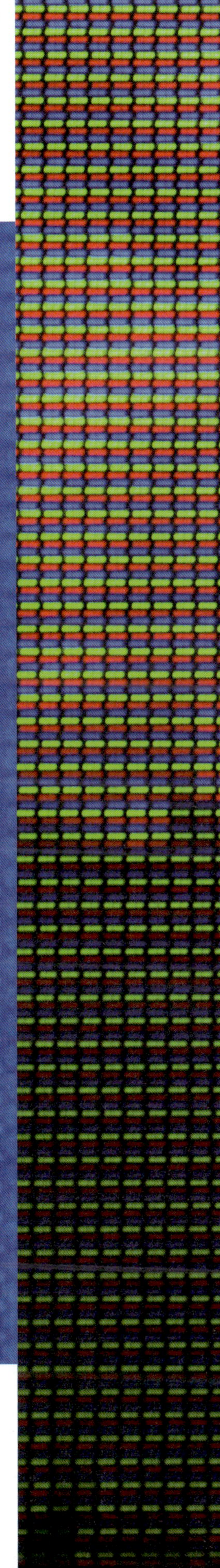

李松鼠
Li Songshu

摄影 / Photography

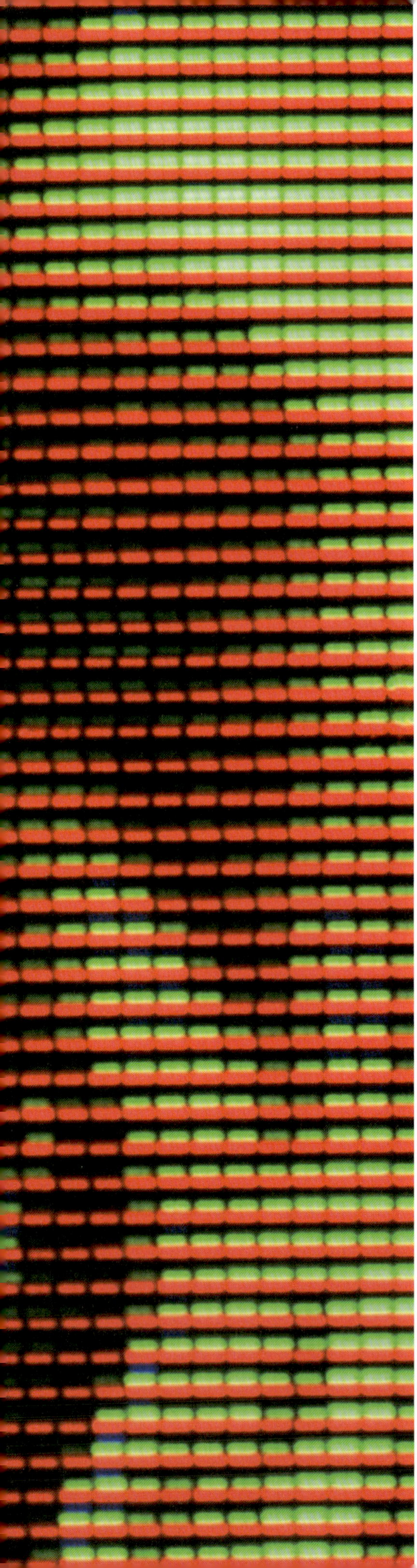

绿鸭　greenduck
插画 / Illustration

Pain and Pen

痛苦和笔

埃莱娜 · 费兰特　Elena Ferrante
撰文 / Text

陈英　Chen Ying
翻译 / Translation

节选自《页边和听写》
Selected from
I margini e il dettato

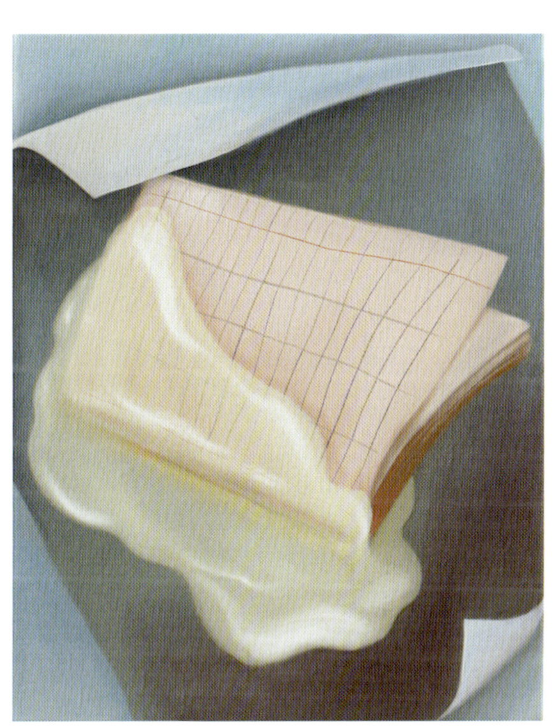

最近，塞西莉亚——一个我很关注的孩子，在此我们姑且这样称呼她——想给我展示，她写自己名字写得有多好。我给了她一支笔，还有一张打印纸。她命令我说：你看我。她全神贯注，非常吃力，一个字母一个字母，用印刷体写下了她的名字“塞西莉亚”。她眉头紧锁，目光专注，好像面临什么危险。我很高兴，也有些不安，有几次我忍不住想：我得帮帮她，引导她的手。我不想让她犯错，但她独立写完了自己的名字。她根本就没考虑要从页首开始写，她一会儿上，一会儿下，辅音和元音字母大小都很随意，有的大，有的小，有的中等，字母之间还留有很大的空隙。写完之后，她转向我，几乎是叫喊着说：看到了吗？她迫切需要得到我的表扬。

当然，我热情地表扬了她，但我感到一丝不安。我刚才为什么担心她写错？我为什么想去引导她的手？这些天我一直在思考这个问题。当然，几十年前，我应该也用同样的方式在一些纸上写过字，也可能写得很不规整，但同样专注，带着忧虑，也迫切需要赞美。但说实话，我对那段记忆毫无印象，我对写字的最初记忆，始于小学的笔记本。这些笔记本有黑色的横线（我不知道现在还有没有），用来划定不同的区域。像这样：

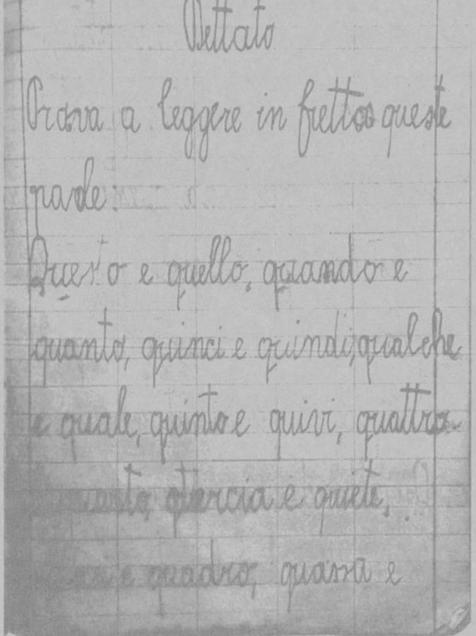

从一年级到五年级，格子的大小会发生变化。如果你控制自己的手，学会把小而圆的字母，还有那些向上飞，或向下沉的字母排成一排，你就能进入下一个年级，页面上的横线也逐年变少，到五年级时会变成一行。像这样：

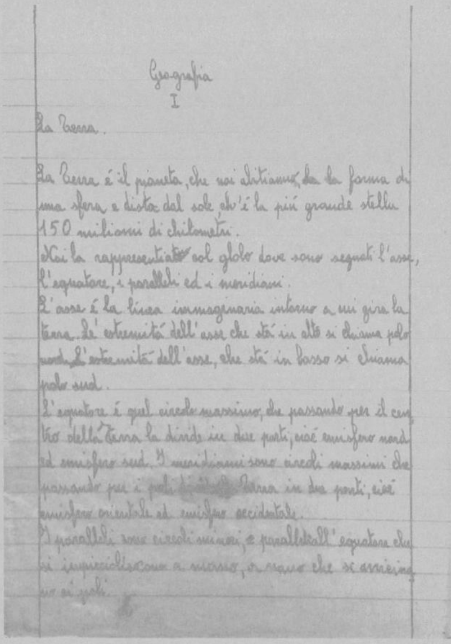
Geografia
I
La Terra.
La Terra é il pianeta, che noi abitiamo, ha la forma di
una sfera e dista dal sole, ch'é la più grande stella
150 milioni di chilometri.
Noi la rappresentiamo col globo dove sono segnati l'asse,
l'equatore, i paralleli ed i meridiani.
L'asse é la linea immaginaria intorno a cui gira la
Terra. Le estremità dell'asse che stá in alto si chiama polo
nord, l'estremità dell'asse, che stá in basso si chiama
polo sud.
L'equatore é quel circolo massimo, che passando per il cen-
tro della Terra la divide in due parti, cioé emisfero nord
ed emisfero sud. I meridiani sono circoli massimi che
passando per i poli [illegible] Terra in due parti, cioé
emisfero orientale ed emisfero occidentale.
I paralleli sono circoli minori, e paralleli all'equatore che
si impiccioliscono a mano a mano che si avvicinano
ai poli.

费兰特《页边和听写》手稿

你已经长大了——六岁开始上学，现在你已经十岁了。你长大了，你写字时，一行行字母，会整齐地在页面上奔跑。

跑向哪里呢？好吧，白纸上不仅有黑色的横线，还有两条红色的竖线，一条在左边，一条在右边，写字就是在这些线条之间移动。这些线条——对此，我的记忆很清晰——曾经折磨着我。黑色的横线和红色的竖线出现在那里，就是为了表明：如果你写的字没在这些线条之间，你会受到惩罚。在写字时，我很容易分心，虽然我几乎总能紧贴着左侧边缘写，但后来往往会越过右侧边缘，要么是为了写完一个词，要么是我很难将字母分开，新起一行，而不越线。我经常因此受到惩罚，那些边界让我感受深刻。即使是现在，我写字时，仍能感受到红色竖线的威胁，尽管这些年来，我用的纸上已经没有那些红线了。

我想说明什么呢？如今，我觉得当年的笔迹——就像塞西莉亚写的字——都融入之后的笔迹，成为那些笔记本的一部分。我不记得当时的字体，但它应该就在那里，经过不断教育，处于线条和页边之内。也许第一次写字，就像开启最初的模式，到现在，每当一些幽暗的东西忽然出现在纸上，或电脑屏幕上，成为一连串文字符号，那些不可见的东西突然变得清晰可见，我依然有那种虚荣的感觉。那些字母临时组合在一起，肯定还很不精确，但这些文字和脑子里最初涌起的东西很接近，话语一经写出，思绪已经远去。对我来说，这个过程总是有一种天真、不可抗拒的魔力。如果要用文字符号呈现那种能量，那应该像塞西莉亚写她名字一样，用一种无序的方式，并期望有人看着她写，在那些字母中看到她的努力，热情地赞美她。

从青少年时期起，在我狂热的写作中，可能一直受到那些红线的威胁，我渴望打破那些线，但同时感到畏惧。我的书写特别工整，包括在用电脑打字时，写完几行之后，我会进行设定，让那些文字对齐，分布均匀。通常来说，我觉得我对写作的感觉——包括我需要面对的困难，和我能完美停留在界限之内给我带来的满足感有关，但在循规蹈矩的同时，我也感觉到一种失去、浪费。

我从一个小女孩尝试写自己的名字开始谈起，说到这件事和写作的关系。但接下来，我要请诸位进入到泽诺·柯西尼的字里行间，他是伊塔洛·斯韦沃（Italo Svevo）的伟大作品《泽诺的意识》的主人公。在这本书中，斯韦沃也描述了泽诺费力的写作：

吃过午饭，我舒舒服服躺在
“俱乐部”沙发上，手里拿着
铅笔和纸。我的额头很平展，
因为脑子彻底放松了下来。
我觉得，思绪像是与我分开了，
我可以看着它在起伏，上升，
下降……不过，这是它唯一的活动。
为了提醒它：
它是思绪，任务是揭示自己，
我拿起了铅笔，这时我的眉头
皱起来了，每个词都由好几个
字母组成。当下迫切地浮现，
让过去变得模糊。

一个写作的人，从自己如何艰难开始写作写起，这比较常见。我觉得从古到今，很多作家都提到过这一点。通过写下来的文字，我们把充满幻影的“内心世界”拉扯出来，这种方式难以捕捉，在文学讨论中要更加重视。我也深受诱惑，痴迷于收集相关的例子。斯韦沃写的这一段自我小时候读到起，便一直很吸引我。我不断写作，虽然我觉得，写作很难，结果通常让人失望，当我读到斯韦沃的这段文字时，我确信泽诺遇到的问题和我的很类似，但他懂得更多。

斯韦沃，就像你们刚才听到的那样，他强调说，一切都源于一支笔和一张纸。然后他揭示了一种让人惊异的分离：写作的人的“自我”和他的思绪分开了，在分开的同时，他能看到自己的思绪。那不是一个具体、固定的意象，他的“思绪-幻象”处于动态中，它会起伏，升起，落下，在消失之前，它要揭示自己，准确的动词就是这个——揭示，这个动作意味深长，让人想到它是用手完成的。那些浮现在我眼前的东西——动态的、活生生的东西，应该“用拿着笔的手捕获”，在一张纸上变成写下来的文字。这看起来很容易操作，但泽诺的额头开始是平展的，现在皱了起来，对他来说，这很艰难。为什么呢？斯韦沃提出了一个很吸引我的看法。这种艰难源于当下——当下的所有事情，包括正在一个字一个字写作的我，也没法让“思绪-幻象”停留，清晰地呈现出来。当下首先呈现出来，过去总是趋于变得模糊。

读了这短短的几行，我把讽刺过滤掉，强行让自己接受它们。我想象一种对抗时间的奔跑，在与时间的赛跑中，写作的人总是会落在后面。实际上，那些字母迅速排列在一起，它们强行出现，幻象转瞬即逝，写作总是不太精确，让人遗憾。写作需要太多时间来呈现脑波的活动，“好几个字母”写得太慢了，它们费力地呈现过去，而它们也正在成为过去，很多东西都会遗漏。当我重读自己写的东西时，感觉有一种声音从我的头脑里冒出来，会传递比文字承载得更多的东西。

小时候，我不记得自己有没有想过：我头脑里有一个外人的声音。没有，我从来没有这种病态的感觉。但当我写作时，事情越来越复杂，我会读很多书，所有我喜欢的书，基本上都不是女性写的。我觉得，从纸上传来的是男人的声音，那种声音占据了我，我想尽一切办法来模仿它。在我大约13岁时，这是一段很清晰的记忆，我感觉自己写得好时，我觉得是有人在告诉我该怎么写，怎么做。有时是一个男性的声音，但他是隐形的，我甚至都不知道，他是不是和我年纪相仿，是个成年男子，还是说他已经老了。更多时候，我必须承认，我想象自己虽然是女儿身，却变成了男性。幸运的是，这种感觉在我青春期结束时就基本消失了。我说“基本”是因为：那个男性的声音离开了，但障碍留了下来。我觉得，正是我女人的头脑在抑制我，限制我，让我变得迟缓，就像一种先天不足。对我来说，写作很艰难，再加上我是女性，因此我不能像那些伟大的作家一样，写出了不起的作品。那些作品的品质，它们的力量点燃了我的野心，让我产生了一些我觉得自己无法实现的目标。

后来，可能是我高中快要毕业时，我不太记得了，我偶然读到了加斯帕拉·斯坦帕（Gaspara Stampa）的《诗集》（*Rime*），其中有一首十四行诗对我影响很大。现在，我知道她采用的是一个传统的诗歌主题：在爱情面前，语言是远远不够的，无论是对一个凡人的爱，还是对上帝的爱。但那时我并不知道这一点，让我入迷的是，她用一种不断循环的方式，表达爱的痛苦，她写出的文字，一直都带着这种无法避免的缺憾。她展示出诗歌和诗歌所描写的主题之间的不对等，那些点燃爱火的、活生生的东西和“肉体凡胎，凡人的语言”之间的不对等。我当时读到这些诗句时，感觉那些话就像是对我说的。我把它们写下来：

假如，像我这样卑劣、懦弱的女人，
内心都可以燃起这么高尚的火焰
为什么我不能从这世间
汲取一点风格和灵感？

如果爱神用了全新、不同寻常的方式
点燃我，让我上升到我无法掌控之处
违规的爱神，为什么不能让我的笔
找到表达爱的痛苦的字词？

唉，若是我天资不够
那也应有奇迹出现
可以打破、穿越，最后抵达。

现在的状况，我说不出，
我只感到心中
新的语言留下烙印。

*
* *

后来，我比较系统地学习了加斯帕拉·斯坦帕的作品。但你们看，那时候就是第一句里的“卑劣、懦弱的女人”一下子打动了我。斯坦帕告诉我，如果我这样一个没有任何价值、卑微的女人，内心都可以燃起那么崇高的爱火，那为什么我不能有一些灵感、一些优美的语言来描述那种爱火，来展示给世界？如果爱神用一种非同寻常的方式点燃了火焰，让我飞得很高，到了一个我之前无法抵达的地方，为什么他不能打破常规，让我手中的笔能表达我内心爱的痛苦？从另一个方面来说，如果爱神觉得我天分不够，他也可以创造奇迹，打破那些束缚着我们的各种限制。我没办法用语言来表述发生的事，但我可以证明，我感到内心有一种新的语言留下了烙印。

那时候，我觉得自己也是一个卑劣、怯懦的女人。我很害怕，就像我所说的那样，正是我作为女人的本性，阻止了我用笔靠近我想要表达的痛苦。真的需要一个奇迹。我想，一个迫切需要讲述的女人，通过写作把她想要表达的展示给世界，为什么她要打破那些边界，那些天生的、束缚着她的东西？

后来时间过去了，我读了其他东西，我觉得很明显，加斯帕拉·斯坦帕做出了一个全新的创举。她不仅运用了男性诗歌写作的一个传统主题：爱的痛苦无边无际，而我们的表达能力很有限。她还在这个主题之上，加入了出人预料的元素：在“凡人的语言”中，女性的身体勇敢探索，在“肉体凡胎”之内，她利用自己的笔（penna）和痛苦（pena），缝制了一件语言的外衣。在笔和痛苦之间，无论是男是女，这种连接很坚实，而且本身已经形成了一种不对应。斯坦帕告诉我们，女性的笔，在男性传统的书写中，是一种意外状况，没有预设，因此她们必须非常勇敢——五个世纪之前，和现在情况也差不多——用力打破“常用的技法”，给自己打造一种“风格和灵感”。

我记得在大约20岁时，我有一种清晰的感觉，那是一种恶性循环：假如我觉得自己写得好，我就要像男人那样写作，严格处于男性写作传统之内；但作为女人，如果我无法努力突破我从男性文学传统中学到的东西，就无法像女人那样写作。

从那时候开始，有几十年时间，我写了很多东西，但一直都处于那个死循环之中。基于一种我紧迫需要讲述的东西，一种绝对属于我的东西，我会坚持写下去，持续写几天、几个星期，有时甚至是几个月。尽管刚开始的冲击力消失了，但我还会坚持写下去，每一行都改了又改。但这时，那个给我指出方向的指南针失去了它的指针，我写的每个字都让我很迟疑，因为我不知道要向哪个方向去。我告诉你们一件听起来很矛盾的事：当我写完一个故事时，我很高兴，我感觉小说写得很完美；但我又会觉得，那不是我写的，不是从我内心激发出来的。我做好了一切准备，这个故事受到了召唤，在整个写作过程中，我觉得自己潜伏在语言中间，但另一个循规蹈矩的我——她找到了一条便捷的道路，只是为了在最后说：你们看，我写的句子多棒啊，多么好的意象，现在故事写完了，你们表扬我吧。

就是从那时开始，我开始明确地想到，我有两种写作方式。一种在我上学时就已经展露出来了，确保我能获得老师的表扬：好棒，你会成为一个作家的。另一种会时不时露出头来，然后消失，让我很不满意。这种不满，在后来的岁月里，让我走上了不同的道路，但本质上来说，到现在依然存在。

在那种精心算计、平静、顺从的写作里，我感觉束手束脚，很不自在，但说得更明确一点，这让我觉得自己会写。加斯帕拉 · 斯坦帕更新了丘比特的利箭，让它变成了一把火绳枪，通过那种写作，我燃烧火药，制造火花。后来我意识到，我的子弹射不出去多远。这时我在寻找另一种写作方式，更肆无忌惮，但事情并不能让人满意，那种放得开的时候很少。按照我的经验，好像开始几行还可以，但不能持续太久，那种状况会很快消失。或者在写了一页又一页之后，那些文字依然具有爆发力，它们所向无敌，毫不疲惫，也不会停止，冲劲儿很强大，我甚至都不会注意到标点符号。但忽然间，那种劲头会离我而去。我一生的大部分时间，都写着一些节奏缓慢的文字，只希望那些都只是铺垫，期待那种难以抵御、不可抑止的时刻会到来。这时候，我是运用脑子里的碎片进行写作的人，期待通过一个忽然的动作，会拥有所有可能，我整个头脑、全身心充满了力量，我开始狂奔，用网子打捞我所需要的世界。那是非常美好的时刻。斯韦沃说，有些事要求被写出来，需要被写作的手捕获。我，就像加斯帕拉·斯坦帕说的——卑劣而怯懦的女人，我的一部分想打破那些通常的模式，想要找到一种风格和灵感。但根据我的经验，那种东西转瞬即逝，很难捕获，很容易从手中逃脱。当然了，你可以召唤它，可以用一句很漂亮的话把它固定起来，但它出现的那个瞬间之后，你马上开始写，要么时间衔接得特别好，你找到了一条让你喜悦的写作道路，要么你只能满足于和那些词语的死缠烂打，等待再次灵光一现的时刻，希望那时你有备而来，不那么漫不经心。打算写一篇小说是一回事，执行计划、写出说得过去的小说是另一回事。写作全凭运气，和你召唤的那个世界一样不稳定。写作的灵感有时会爆发，有时会消失，那个世界有时是一个人，有时是一群人，有时是小声低吟，有时会高声呼喊。总之，它会充满警惕，会产生怀疑，会滚动、闪烁，会反思，就像马拉美的“色子一掷”。

*
* *

我阅读弗吉尼亚·伍尔夫（《一个作家的日记》）时记的笔记，我会经常拿出来看，就是要搞清楚，那种对我来说难以捕捉的写作。我把这些话推荐给大家，因为时间有限，我只选很短，但对我来说很重要的两段。第一段是表面上很稀松平常的一段对话，是伍尔夫和里顿·斯特拉奇的对话：

“您的新小说怎么样了？”

“噢，我把一只手伸到袋子里，
抓住什么是什么。”

“真神奇。结果总是不一样。”

“是的，我不是我自己，
我是20个人的合体。”

就是这些元素：手、袋子、20个人。你们看，这几句自嘲的话，说明了两个问题：首先，写作全凭运气，随意性很大；其次，写作所捕获的，不是仅限于个人的，而是深深根植于每天的日常生活中，是20个人的东西。伍尔夫说出这个数字，就是想说：当我写作时，我也不知道自己是谁。当然了，这里我引用另一段话，伍尔夫说，她并不是弗吉尼亚：

人们相信从粗糙的原材料里，可以产生出文学，这是一种错觉。我们要脱离生活——是的，这就是为什么西德尼的闯入会让我很不适——置身事外：非常专注，集中在一个点上。并不需要考虑自己性格里那些散乱的碎片，脑子里有一个固定的居所。西德尼闯进来了，而我是弗吉尼亚，我在写作时，只是一个感觉的接收者。有时候，只有我是零散、多变、普通的人时，我很高兴自己是弗吉尼亚，现在……我只想成为一种感觉的源头。

我觉得，伍尔夫的想法很明确：写作就是盘踞在自己的头脑里，不让自己分散开来，成为无数、零散、次要的东西。作为弗吉尼亚，就是通过这种方式，应对她的日常生活，那是一种粗糙的生活。至于我，小时候看到这里，她就好像在说：噢，是呀，我很乐意做弗吉尼亚，但真正写作的，并不是弗吉尼亚，参与写作的是20个人，所有那些超级敏感的人，都集中在握笔的手上。那只手的任务就是伸到一个袋子里，抓上来一些文字、词语、句子。真正的写作，是在文学的积淀中翻找的过程，找到你需要的语言。没有弗吉尼亚，因此，弗吉尼亚不过是不经提炼的生活中的名字，是写作者的名字，她只是在顺从地写作。写作的人没有名字，是纯粹的敏感性，受到文字的滋养，在一种无法抑制的力量的推动下，产生了文字。

我被这段话迷住了，它表达了这样一个思想：有一个存在，独立于具体的人——登记在官方文件上的弗吉尼亚，她写出那些文字时，处于一种绝对的专注状态，与外界隔离。只是对我来说，越来越难以践行这一点。我感觉，那些男女作家，在谈到这一点的时候，经常会很不满。你们想一想，当我们说“故事是自然呈现的，人物也是自己成形的，语言自己浮现出来”时，就好像不是我们在写作，而是居住在我们身体内部的一个人在写，按照一条从古到今的传统脉络，那些人说出了：神的告解；圣灵的降落；出神入化；无意中形成的语言；捕获我们、塑造我们的人与人的交集；等等。我曾经有过这样的体验，有时我想厘清思绪，但那些思绪并没有厘清，我还是回到了自己，回到了那两种写作，它们没有分离开来。第一种写作——循规蹈矩的写作，里面包含着第二种写作。如果把第一种写作去掉，那我就什么都写不出来了。这是一种让我遵守界限、在红线之内的写作，从我上小学起就是这样。因为这个缘故，我是个很慎重、可能有些怯懦的人——我从来都不够勇敢，这是让我恼火的事——我学习到的规矩，让我写出了那些处于界限之内的文字。但我每天都在进行演练，从日常生活中抽身而出，并不觉得很艰难。有时我想，假如是弗吉尼亚·伍尔夫在写作，她也会带着同样的顺从姿态。

问题是另一种写作，那是伍尔夫给自己设定的写作方式，她定义为一种敏感性的集中。它所处的位置，就像刚才说的那样，就在脑子里，但那里只有神经元。当我写作时，我能感觉到它的存在，却没办法指使它。头脑不知道怎样才能彻底摆脱它，或者控制它的出现，也许是不愿意。就这样，我的笔胡乱写点东西（这也是我从伍尔夫那里学到的：scribbling），主要是遵守某种游戏规则，等待着真正的写作到来。

实际上，我的工作主要建立在耐心之上。我在讲述中等待，从一种根植于传统的写作中，有些东西忽然涌现出来，搅乱纸上的文字，那个卑劣怯懦的女人，就是我，在寻找说出自己的话的方式。我很乐意运用古老的写作技巧，我的时间和生命都用在学习如何使用、什么时候使用这些技巧。我小时候就热衷于写那些爱与背叛、充满风险的调查、发现可怕的真相、走上歧途的青少年、经历波折又化险为夷的故事。我青少年时期的阅读，后来经历了转变，我成了长期心怀不满的写作者。那些类型文学是安全区域，是坚实的平台，基于这些平台，我找到一个故事，就心平气和开始训练，我很慎重，也充满乐趣。同时我一直在等着:我的脑子会发散开来，开始出错，让我打破界限——有很多个我紧密团结在一起，会抓住我的手，通过写作拉扯着我，让我来到之前畏惧的地方，让我感到疼痛、未知的地方，我可能会迷失的地方。在那种时刻，那些规则——我学到的、运用的规则会发生塌陷，从袋子里拿出的手，不是拿出需要的东西，而是抓住什么是什么，而且动作越来越快，越来越失衡。

这样真的能写出好书吗？不能，我觉得不能。就我的经验而言，这种写作到最后，尽管有一种难以抑制的力量，在传递一些东西，但依然无法填补写作和痛苦之间的缝隙，留在纸上的依然会很少，比你感觉捕捉到的更少。也许，就像所有的事情，需要懂得如何获取、挽留、容纳，认识到它的优点和缺点，学会运用。我没有做到，我觉得我可能做不到。很长时间以来，我都觉得那是一种破坏的工具，像一把榔头，会拆除把我封闭起来的围墙，但它会带来毁坏，现在我觉得这是一个天真、先锋的想法。就像所有整洁有序的人，我有一种从未说出口、无法坦言的野心，我想从既定的写作模式中走出来，让它蔓延出来，摆脱任何形式。但后来，那个阶段也逐渐过去了，甚至连萨缪尔·贝克特，了不起的贝克特，他也说:“我们离不开的唯一的东西，无论是文学还是其他东西，就是形式。”就这样，我下定了决心，我要运用传统坚实的结构，认真进行加工，耐心等待自己写出真相，也就是我写出来的那些真相，失衡或变形，让我能够写出好书。对我来说，真正的写作就是这样，不是一个优雅的、经过学习的动作，而是一种本能的抽搐。

我小学时候用过的笔记本，有黑色的横线和两边红色的竖线，当然也是一种牢笼。但从那时开始，我开始写一些小故事，从那时开始，我倾向于把任何事情都变成干干净净的文字，一切都很和谐、井井有条，保证可以获得赞誉。但头脑里那些不和谐的喧闹留了下来，我自己清楚，我后来确信：我可以拿出来出版的书，文字都来自那些喧闹。也许，那是可以让我获救的东西——然而用不了多久，拯救就会成为迷失。在整洁的规范之下，有一种能量，一直想要打乱这一切，要带来混乱、失望、错误、失败，还有肮脏的东西。那种能量，一会儿从这里冒出来，一会儿从那里冒出来。随着时间的流逝，对我来说，“一直追求平衡和失去平衡”，写作真的变成了赋予这种状态一种形式，就像把碎片规整起来，然后等着它们再次变得凌乱。就这样，当爱情小说最后变成了爱情退去的小说，我觉得这才是好故事；当我知道,没人会发现凶手是谁时,这样的侦探小说才开始吸引我。当我觉得，没人会得到教育时，那些成长小说才走上了正确的方向。精彩的文字变得精彩，是因为失去了和谐的风格，开始具有丑的力量。那些人物呢？如果是光明磊落、言行一致，我会觉得他们很虚假。当他们说一套做一套时，我会觉得他们很吸引人。“美即丑恶丑即美”，这是《麦克白》里神奇的讲述者——几个巫婆说的话，她们当时正在飞过肮脏的雾霾。

张如怡，装饰物-图层（2022），图片由艺术家提供
摄影：苏杭

张如怡，装饰物-6（2022），图片由艺术家提供
摄影：苏杭

蓝蓝
诗歌

生命如行李

Life is a Package

李松鼠
Li Songshu
摄影 / Photography

田克
Tian Ke
静物造型 / Styling

2022年4月，张凡在北京看着新闻里的上海，觉得自己无论囤多少吃的都不够。小时候看过很多遍的《安妮日记》也浮上心头，囤积食物的紧迫感日益加剧。她买了冰柜和酒柜，东西越买越多，照片只呈现了她的一部分囤货。直到今年3月搬家，她才终于停止了食物储备。囤的时候“众生平等”，后来吃出感情意义的，是豆豉鲮鱼罐头这种超出了她平时的食物范畴、要一点点学习烹饪和搭配的东西。没有被饿过一天，但张凡对物资短缺的恐惧始终存在，以至于早在2020年之前就已经囤了几百个口罩。小时候爸爸常说“饱带干粮热带衣”，听着有些奇怪，没想到成年的生活便是对这句话认真的实践。

PACKAGE 01

疫情囤粮

东北黑木耳
DONG BEI HEI MU ER
螺霸王
螺蛳粉
螺霸王
螺蛳粉
螺霸王
螺蛳粉
好太BO
低聚果糖
好太BO
低聚果糖
固体饮料
花生汤
汤达人
罗宋汤面
汤达人
厚椰乳
厚椰乳
Veggie
Creamy Soup
蔬菜浓汤
Barilla
PENNE RIGATE
滿漢大餐
BLACK&WHITE
Barilla
NAPOLETANA
Barilla
BASILICO
Barilla
BASILICO
そば
四鲜烤麸罐头
竹島
红烧牛腩
甘竹牌
豆豉鲮鱼罐头
香辣带角
そば
滷味包
经典云腿
Barilla
SPAGHETTI
250g
宗家府

曹斐从玛雅传说中世界末日会到来的2012年开始准备末日生存包。看多了末日片的她，会想象如果末日没有让人类瞬间覆灭，而是在生死之间挣扎，那是不是就要在一个极端情境下去争取一线生机？而作为两个孩子的母亲，她是否也要为保护孩子而未雨绸缪？于是她开始在网上采购这些末日物资。对专业人士来说，这些储备可能马马虎虎，但对她而言，这并非是一时兴起，或是艺术家的游戏。此后的十几年里，她定期更新其中的物品、证件信息，也不断给自己做心理上的演练。拍纪录片的经验提醒她，不能在突发状况下忘记开机，要灵活变通地记录，用超强的心理素质去抵御各种意义上的“变化”。

PACKAGE 02

末日逃生

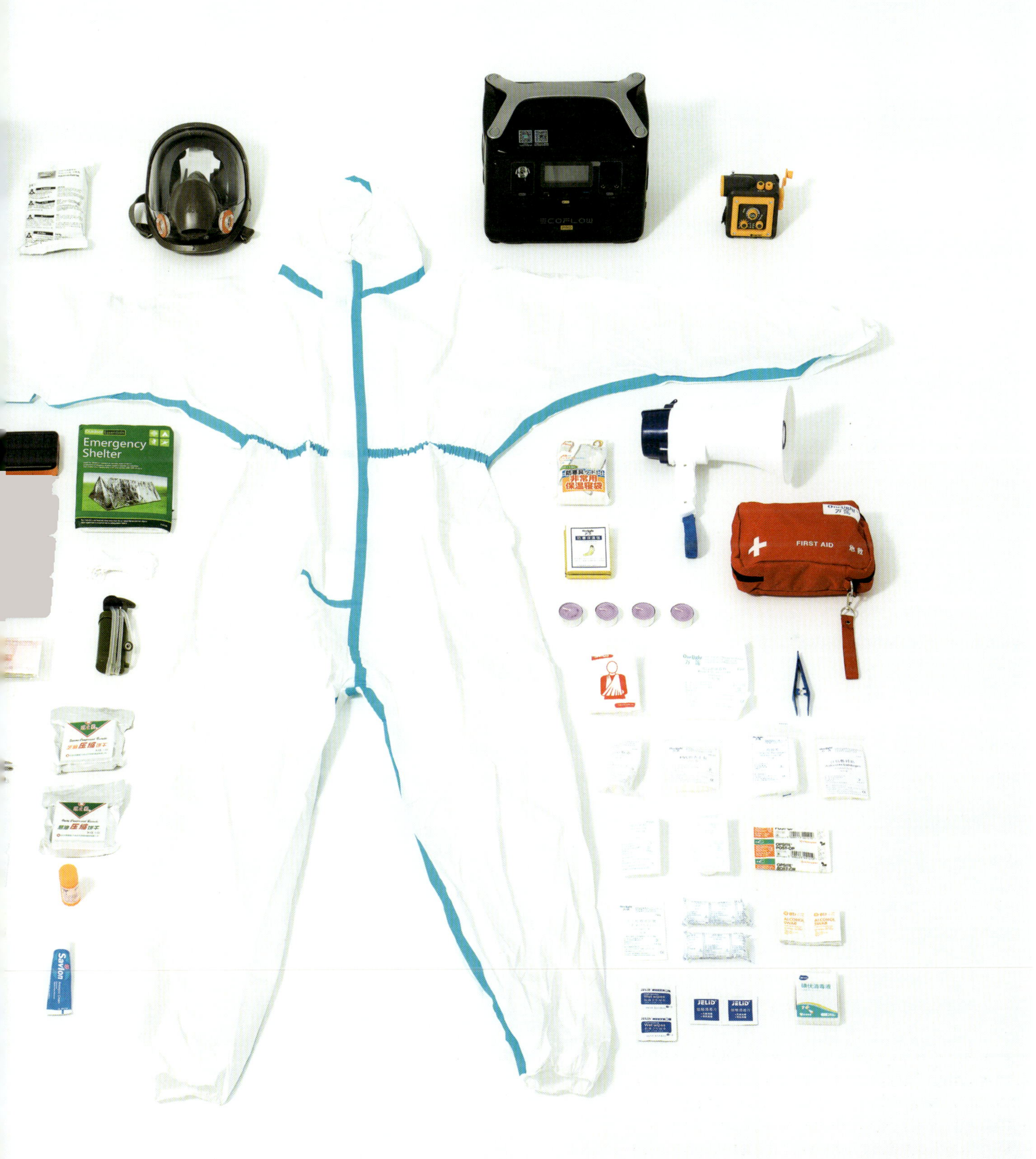

Emergency
Shelter
ECOFLOW
非常用
保温寝袋
FIRST AID
急救
压缩饼干
压缩饼干
OPSITE
POST-OP
ALCOHOL
SWAB
JELID
Wet wipes
碘伏消毒液
Savlon

2022年的前九个月，小肉卷都在为一个即将到来的新生命购置装备。她将这种行为称为“筑巢”，通过购买女儿到来之后的物品降低面对未知情况的焦虑。于是婴儿刚出生时穿的衣服、一个月穿的衣服、再大一些穿的衣服、小被子、小被单等填满了尚未出生的女儿的衣柜。为了缓解焦虑，他们甚至购买了几本奥数书。这些物品构成了标定时间的刻度，也构成尚未出生的女儿的年轮。它们既是对当下时间的标定和记录，更是对充满风险和不确定性的未来的反复想象。如今女儿已经八个月大了，小肉卷回看自己在女儿到来前准备的东西，觉得恍惚，仿佛那已经是上辈子的事情。而这个待产包，也像《塞尔达传说》里林克在新手村拿到的初始装备，“后面还有好大的世界，等着她去‘捡’各种装备”。

PACKAGE 03

待产装备

Pampers
产褥期护理垫
奥数教程
奥数教程
学习手册
medela
北京市母子健康手册
孕产妇保健档案
WELEDA

PACKAGE 04

生存应急包

2022年的某个时刻，在互联网大厂工作的月饼决定准备一个隔离应急包。她花费大约一小时的时间，从家中的各个角落找到这些物品。它们有的是“必要的”，为了生存的，比如应急药品、瑞士军刀、充电器、卫生巾等；也有一些是“非必要的”，比如尤克里里，比如朋友送的小热狗挂件，它的表情充满了期待和欢乐。如今回看，月饼将打包一个没有派上用场的应急包视为一次演练，它既是行动力的演练，也是心理状态的演练。如果生存必需品可以被压缩、被精简、被打包，那么是否说明，人在极端状况下能拥有的东西是有限的呢？“也许应该断舍离一下，让更好的东西成为生活必需品，把更多的安全感放进内心。”月饼这样说道。

カツオドリ
Booby Bird
HOCKNEY on ART
coznap
新手机壳
WET WIPES
湿巾
护照
PASSPORT
TWININGS

对历史学家罗新来说，徒步是说走就走、无须特别准备的事情。去年夏天，他和普利策奖得主、旅行作家保罗·萨洛佩科从位于四川广汉市的三星堆遗址出发，向彭州方向进发。这一程，他背的是一个约15公斤重的徒步包，里面的一些物件是他每次徒步都要带上的，比如墨镜、拖鞋和休息时穿的休闲短裤，似乎被替代了就感觉不便。从2022年的封控状态下走到成都平原，去经历酷热与疲惫，他获得了一点点解放的感觉。而不断找地方做核酸和被迫屡次折返，也为这次徒步增添了一层特殊体验。如今回看这张徒步包的照片，罗新有点恍然，想不到乱糟糟挤进背包的东西也可以摆放得这么整齐，好像把记忆平摊开来。

PACKAGE 05

徒步行囊

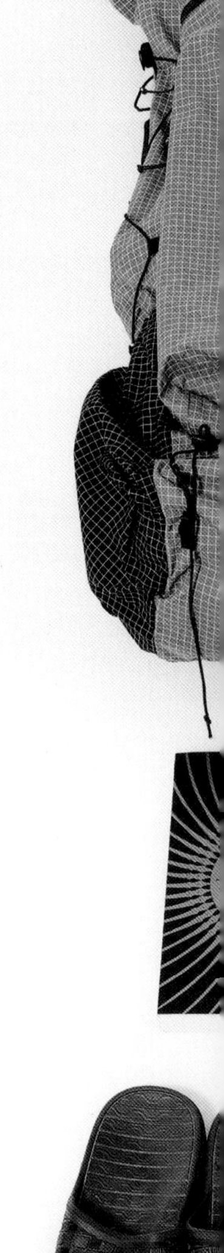

Zpacks
Marmot
NATURE VALLEY
CRUNCHY
OATS & HONEY
100% Premium
COTTON LINER
TRAVELLER
SEATOSUMMIT

小黄鸭玩具都没有嘴，小鳄鱼玩具都没有尾巴，这些都是秘秘（右下那只狗狗）干的好事。三年来，于蒙对小动物变得越来越包容，无论它们做什么错事，自己都不太会生气。毕竟，小动物带来的麻烦与生活中的其他麻烦相比简直不值一提，更不用说它们提供的难以估量的巨大情绪价值。和猫狗在一起时，于蒙总能在某种确定感中感到平静，珍视这东亚人最为缺少的无条件的爱。疫情封控放开之后，她不再担心小动物们的安全，却仍害怕它们总有一天是要死去的。那是每一只小动物与主人之间无可避免的，却每一次都痛苦到令人无法承受的分离的结局。

PACKAGE 06

宠物之家

PURINA
PRO PLAN
冠能
全犬型
ALL SIZE
DERMA
ADULT
成年期犬
91%
Pet Pads
PET DIAPERS
MiX

198

李松鼠　Li Songshu
摄影 / Photography

辽京　Liao Jing
撰文 / Text

Tablecloth and
格子桌布与
Chandelier
枝形吊灯

199

想象一个格子构成的世界，想像你生活在一块方方正正的格子桌布上，你的世界被整齐地划分成均匀的小小的正方形，终此一生你都无法离开这片格子的汪洋。年轻的时候，你怀着柔软而曲折的想象，幻想格子之外的世界，企图寻找并不存在的曲线。你踏出自己的格子，进入属于别人的格子。你和他们相遇在一个又一个直角，磕磕碰碰，跌跌撞撞，所有的意外都像命中注定。最终你停了下来，在一个远离故乡而又一模一样的新格子里，开始你的新生活，延续你的旧生活。在这里，你们用方格计量距离，用走过一个方格的平均时间来计量岁月，跨过第一万个格子，你们便默认又老了一岁。

想象你去过了所有的地方，到最后无处可去，无事可做，被禁锢在这片单调的格子之间，却时时刻刻心满意足。你拥有一个小格子的地盘，所有人的生活也都和你的一样，宇宙间没有比这更完满的事情。你们一起睡去，一道醒来，小心地维护亘古不变的每一道直线，把它们擦抹得闪闪发光。在格子的世界里，没有人见过圆圆的太阳和月亮，格子世界的光明来自一盏定时亮起的枝形吊灯。它遥遥地俯瞰着你们，你们一代代地膜拜、虔心供奉着它，任它高踞于世界之上。关于它，唯一的释义便是神明。

想象你所在的格子世界，同类之间永远和平，没有战争和流血，没有寒冷和饥饿，你的一切需求都在格子中得到满足，满足不了的需求你想都不会想。你们过一万天就像过了一天。当然，麻烦事也时有发生，譬如从天而降的鲜美汁水突然到处泛滥，你们不知道那是不小心泼洒的鸡汤。伴随着一声惊呼和一阵手忙脚乱，世界被一块毛茸茸的吸水毛巾覆盖住了，它一下子吸走了所有汤水，仿佛某种魔法或者奇功。你们不得不用神的旨意来解释这一切。那些偶然飘落的饭菜、果皮、点心碎屑，伴随着轻声细语和朗朗的笑声，在你们听来都是恐怖的巨响。幸好这一家人每天只在这里吃一顿晚饭，白天他们忙忙碌碌，晚上他们才短暂地相聚，混乱定时地、有规律地降临，因此格子桌布的世界得以喘息和绵延。你们只好忍受，别无选择，生活在正方形的格子里，有着正方形的意义和正方形的思维，逃不出一个又一个格子，因为你们想象不出另外的宇宙、另外的世界、另外的可能。你们唯一的信仰，来自那盏华丽的枝形吊灯，在它身上寄托了所有美梦和理想。你们歌颂它，传唱它，围绕着那盏灯，你们生发出数不尽的艺术和美。在一个又一个重复的单调格子里，最动人的诗句产生了。

直到有一天，它没有亮起来。你们聚在一起，用尽祈祷的方式盼它归来。它是格子世界的主宰，是漫长历史的动力，去掉那些对枝形吊灯的歌咏、赞叹和敬畏，格子世界几乎剩不下任何话语。它以它的永恒照亮晦暗不清的过去、摇摇欲坠的现在和语焉不详的未来，你们习惯它就像习惯时间。那一天，当它没有如约亮起，当晚餐桌上一片空寂时，你们便开始怀疑自己曾忍受过的无数苦楚和失落，和深怀仰慕的虔诚之心是否值得，心底的叹息只有自己听得见。那一天，你们掩饰着担忧，聚在一起，

以狂欢来驱散内心的阴云。你们唱歌，唱的是赞美枝形吊灯的歌，你们跳舞，队伍模仿的是枝形吊灯的形状，谁也不敢想这狂欢可能是长久黑暗的开始。

等你们醒来，开始新的一天，格子桌布一如既往地宁静和平，所有的线条都像交错的光。昨天的一切像一场梦，枝形吊灯高悬如旧，你们相信它今晚一定会再次亮起，然而再次变成了下次，明天、后天、无数天，直到数不清的黑暗夜晚一寸寸地嵌进你们的记忆，抹平一切怀念的波纹。那些关于枝形吊灯的记忆，它曾经带来滚烫的汤汁和零落的碎屑，带来纷乱的话语和雷鸣般的笑声，你们害怕，然而也习惯了这害怕，以为这恐惧都是恩赐。它点亮，它熄灭，千百年来，如出一辙，虽然它带来的全是恐惧，但是在规定的时刻按时来临的混乱反而意味着稳定和安全，就像按照规律延展的方格子。

因此，你们坚信枝形吊灯会再次亮起。格子桌布的世界陷入等待，等一天如同等一万年，时间不再流动，而是变成了均质的稳定的溶液，你们浸泡其中，均匀的世界和均匀的时间，每一秒都在等待中凝成新的琥珀，直到你们忘记了为什么要等，直到枝形吊灯的光明成为遥远的神话。对于人类来说，那不过是一段短暂的别离，而在格子桌布的世界已是沧海桑田，长到你们放弃一切希望，长到你开始质疑枝形吊灯究竟意义何在。

它不是神，你猜。你真勇敢，又很真诚，可是你的勇气和真诚毫无用处。没有一个人愿意听你说话。“它不过是一件死物而已，它的光明是借来的，它的神迹是瞎编的，历史书全是骗人的”，你喋喋不休，试图让所有人脱离这种无望的等待。为了这份等待，你们丧失了一切好奇和勇气，没有人再去写诗赞颂无止境的重复之美，没有人再千百遍地唱着同一首歌，没有人再毫无必要地翻越一个又一个格子，一直走到格子宇宙的尽头。除了你，所有人都停在原地，从出生到老死一动不动，等待象征着灾难和恐惧的枝形吊灯再次亮起。只有那样，时间才会重新流动，你们才可以恢复从前的生活——无穷无尽的循环往复。

你以为你发现了真相。你看到，你们对枝形吊灯的崇拜，不过是出于无处可逃的敬畏。当它亮起时，杯盏林列，语笑如雷，每一次汤粥洒落都是一场天灾，每一滴酱汁流下都可能威胁生命。最后，你意识到格子桌布的世界总是难逃一劫：洪水。有规律的洪水代表着有规律的灭绝。你纵览所有的历史记载，从中发现了蛛丝马迹、语焉不详的关联：每当洪水泛滥，暴雪降临，冰雹肆虐；每当枝形吊灯熄灭，久久不再点亮，便有大难即将降临。你开心，转眼又失落，你不是第一个发现这规律的人，你们也不是第一次面临这避无可避的灭顶之灾。你是清醒的，随即又发现这清醒毫无用处。你宁愿自己什么都不知道，却再也回不到混沌无知的幸福之中。当你再次抬头看见那既现实又虚幻，既属于历史又属于神话的枝形吊灯时，它遥遥无期地垂挂在那里，日复一日落满了灰尘。

你决定拯救全世界。又一次，你开始格子上的旅行，不再是年轻时那种漫无目的历险，而是打定主意要传播真理。你从这里走到那里，用数字来标记一个又一个格子，直到尽头。原来你们那里人人知晓的最大数字恰好结束在世界的边缘，原来格子的边界也是你们所有知识的边界，你的认识也从来没有超出这个界限，却妄想去叫醒整个世界。幸运在于，你始终是你，你那么沉醉于发现和怀疑、否定和解答，于是你拒绝了所有偷懒的解释，放弃一切令人安心的无知。你大胆宣称，格子世界是有限的，在最大的数目之上，还有无限的数字。所有人都震惊了，不是震惊于你的发现，而是震惊于你的狂妄和鲁莽。你的想法是背叛，是冒犯，是天方夜谭，是神话都无法容纳的疯念。格子世界是如此优雅齐整，秩序井然，你却指出它的脆弱、有限和荒谬，公然宣称格子之外还另有无尽的世界。

日复一日，你走遍了所有的格子，磨损了无数根一模一样的线条，把你的发现一遍又一遍地讲述。有时候你细语温柔，循循善诱；有时候你言辞激烈，舌剑唇枪；你编成童话故事讲给孩子，编成激愤的檄文读给年轻人，你和最年老的人促膝而谈，在闲聊中唤起对方的回忆，又在回忆中发现种种矛盾，不正常的事情都不该记得，不正常的念头就不该出现。你努力使你变成你们，却发现你们并不存在。存在的只有他们。

没关系啊，你不知疲倦，你的耐心足够消磨。慢慢地，你也融进了传说。曾经有一个人啊，他们开始讲述，甚至当你和他们面对面的时候，他们依然在讲，你听过有这么一个狂徒吗？你的故事比你走得更快、更远，先你到达之前，它已经变形了、稀释了、破碎了，他们提到你像提到一个虚构的人物，而虚构并不是真实的倒影，只是它的一段幽魂。

而你从未失去信心，你认为真理应当像无限延长的直线那样永不消失，永不疲倦。你不害怕争论，不逃避解释，不反感嘲讽和质疑，也不沉溺于滔滔雄辩。当所有人都在指出你的错误时，你既不失望，也不愤怒，而是继续向前，暗暗许诺自己仍将归来。你习惯了在逆风中行走，这就是你对抗绝望的方式。最后，所有人都忘记了枝形吊灯，它和它的光明一道从记忆中退了场，仿佛从未存在过。只有你一直牢记着，那是回不去的好时候，天真愚蠢、一无所知的好时候。你不再迷信书本，而是相信自己的眼睛和心，相信总有一天会真相大白，证明你是对的，只是这证明的代价将如此惨烈，在历史书上被草草一笔带过。当你读到那里的时候，仿佛看见了隐藏的命运和轮回，每一代都有人觉醒，觉醒后却毫无办法，只能清醒着一道沉沦。你相信自己不会走上这条路，你相信你将改变你们的命运。

你继续走着，传播你的新知，关于格子桌布和枝形吊灯，关于有限和无限，关于末日与新生。他们麻木地听着你说，一遍、二遍、三遍、无数遍，直到这些事出现在成语里，出现在骂人话里，出现在早晨初醒的蒙昧时分和午夜梦回的清醒片刻。它们在每个人的意识底部游动，晦暗地流传在格子世界的所有话语之中。你胜利了，你还懵懂不知，你征服了所有人，自己还不能确信。你大声说，大声唱，到处流浪，不受欢迎。见过越多的人，你越懂得怜惜；被嘲讽得越多，你就越宽容。你认为自己仰承真理，俯视众生，你滔滔不绝，喋喋不休，直到你所说的一切破碎在口耳相传的闲聊之中。

你还活着，你还在格子之间走动，可是你已经不存在了，你被融进了新的神话传说。他们把你当作神灵，把你从故事中摘取出来，塑造成一个新的偶像。他们围着你唱歌，不再唱那首枝形吊灯之歌，他们围着你跳舞，也不再是那些模仿枝形吊灯的舞蹈。你被抬到人群的中央，高高升起，而你本人正混杂在人群中，同样抬头仰望，同样跟着旋律歌唱，你已经认不出自己。当所有人都把你当作神明，把你的话当成预言的时候，你才真正走进了孤独，你被印刻了，被歌唱了，被崇拜了，从此你便消失了。这时候你才发现，失败原来是这个模样，人人膜拜，人人不信，你进入了故事却无法进入人心。你推倒了旧的信仰，却不期然成为新的信仰，你想分辩却无人在听;你想重头再来,却发现自己早已年华老去。

最后，你想回到自己的格子，伸展疲惫的腿脚，卸下所有的重担，忘掉所有的知识，否认一切曾经坚信的预言。救世的梦想破灭了，你预告了格子世界的末日，那末日却像你深夜枯等，却迟迟不来的情人。你期待，你又痛恨，你怀疑，转眼你又相信。格子从不改变，横是横，竖是竖，你却在不住地摇摆，想要找出一条道路通往救赎。那道路必定不是直挺挺的，你说。格子世界中的人都惊讶得张开嘴巴，他们只知道两点之间的最短距离才是唯一真理，而你竟然宣称通往未来的道路是弯曲的、柔软的、漫长的、遥远的，而他们甚至没法想象弯曲的模样——光明从不弯曲。

历史书上说，一切从无数条光线开始。你翻开那些故纸堆，涂涂抹抹，删删改改，修正错误，重新画出格子世界的地图。你标注边界，写明数字，你记录下你旅行的故事。格子在重复，故事在重复，一个又一个轮回中的你。在你之前曾有无数个，在你之后也将有无数个，你却以为自己是空前绝后的独一无二。若非如此傲慢，你也不会拿起笔来。

而你们还在生活。从枝形吊灯不再亮起的那一天起，你们就陷入了空虚。你们相信一切自有安排，从未想过除了原地等待之外，还有别的可能。直到你出现了，那么年轻、热情，不知深浅、不知敬畏的你。你宣称发现了旧的规律，你发现前人一直在用繁杂的文字粉饰灾难和死亡。你宣称你才是对的、真的、善的、好的，你占据这些词语的时候毫不赧颜。起初，你们只是一笑而过，把这当成一种常见的青春病，许多人都犯过类似的毛病，最后都被时间治愈，热情逐渐冷却，狂想终于被抚平。你见过格子世界里的褶皱吗？那种像自然灾害一样的巨大褶皱，它们突兀地出现，长久地停留，形成难以逾越的高山和沟壑。年轻的你们努力爬到山顶，而枝形吊灯并没有变得更近和更小，依然保持着同等的壮观，仰望它就如同望见了永恒。没有比站在山巅更幸福也更危险的事，那样的事经历一次就够。

你们继续你们的等待，你继续你的旅途。你们成为你的背景，你却成为你们的谈资。有那么一个家伙，他将要踏过你的门槛，鼓吹大家一起逃命，从世界的边沿往下跳呀，可不要被这个疯子骗倒。你们嘲笑他，又期待他，他的年轻就是你们的年轻，他的愚笨反衬出你们的聪明。你们看着那个蠢家伙越走越近，又越走越远，在风尘中，在泥泞里，不知疲倦，不急不恼，可怜的牺牲者与可敬的神明在他身上合二为一。直到有一天，所有人都停止了嘲笑，因为你们发现，你开始出现在童谣里。

不祥的预兆啊。当古老的童谣出现新鲜的字句时，世界将有大变。孩子们的歌唱直白又浅显，丰富又生动，没有一句难解的话，没有一丁点含混和歧义。你们从此开始认真对待，合力把你捧上神坛。枝形吊灯消失之后，这个位置已经空悬太久。

从此你不再是你，而你们永远是你们。时间只在你的身上加速、旋转、裹挟、沉淀、凝固成一个脱离于你的传奇，越来越完整，越来越细致，逼真到每分每寸，组合起来却完全不是你。那有什么重要的，重要的是神位不再空虚，是拥有新的信仰和故事。传说中，有一位至圣先贤，从远方而来，他声称我们将有一场大灾难，所有人都会死掉，灭亡之后将有另一场新生。他说他从历史书上发现了规律：当枝形吊灯不再亮起时，那就是灾难的肇始。起初没有人相信他，人人都嘲笑他、害怕他甚至痛恨他。时光斗转，他的风尘逆旅渐渐为他镀上一层金身。他的失败，他的落魄，他的寂寞，终于织成了你们为他披上的新衣。于是他不再属于现实，他被迫升到半空。你们让他成为偶像，忙着去崇拜，忙着去传诵，可是他说的话再也没人仔细去听。

你们并不害怕，心想这是多么地自然啊，世界当然会有个尽头，重要的是走到尽头时并不孤独，倘若人人难逃一死，此刻又何必惊慌？你们大声歌颂死亡和末日，口口相传，直到语言的真正含义全部失去，只剩下押韵的功能。你对这一切都无能为力，眼睁睁看着自己化为一堆神圣的枯骨。你被隔绝在群体之外，意识到真正的消失并不是被忘却，而是被错误地铭记。

终于，你放弃了游说和证明，你也想要休息了。直到那一天，枝形吊灯忽然点亮，均匀、柔和、扩散的光明像一个盛开的怀抱，一切恍如昨日。转瞬间你们便想起了从前的所有，你们以为早已湮没的传说自深处泛起沉渣。原来你的疯话全是真的，原来你预言的那一天正是今天。世界不惜用倾覆来证明你的真理，你也在最后一刻获得了欣慰与安宁。格子桌布被掀了起来，太久没人住的房间需要打扫，太久没用过的桌布落满了灰尘，你们看见所有格子都站立起来，被扭转，被揉皱，被拧断。你们哀泣哭号，奋力挣扎，只有你在此刻充满了幸福，被回应、被理解的无上幸福。格子桌布被卷起来，丢进洗衣机大力翻搅，传说中的滔天洪水呼啸如雷。你们固然难逃一死，但是新的你们即将出现，因为格子桌布与枝形吊灯意味着稳定、安全、光明和温暖，所以生命总会一次次卷土重来。

Tablecloth and Chandelier

by Liao Jing

辽京　　格子桌布与枝形吊灯

马鲨鲨　Ma Shasha
插画 / Illustration

马鲨鲨　Ma Shasha
撰文 / Text

The Battle between Me and My Mom

如何剪辑我和我妈的这场格斗

211

“温馨”，是我最讨厌的词之一。如果我评价一幅画“温馨”，那就是暗指它只适合挂在KTV包房或者我爸妈的卧室，绝对无法挂进我的心里。作为一个影像创作者，我追求的艺术风格是猛烈与残酷：每一拳都要击中要害，每一场格斗都要使出浑身力量，每一个故事的结尾，主人公都应该像结束比赛的拳击手一样，精疲力尽地躺在台上。

但这样的格斗注定只能发生在空旷的场地，在有限的狭小空间无法达成。我每个月都会整理自己的日常拍摄素材，内容基本就是美妆穿搭、朋友聚会，流水账剪辑，上传到自己的社交媒体平台。等待10分钟后，可能会收获2到5个赞。久而久之，我自己都不会重看自己的视频。显然无法指望这份热情能换成钱养活自己，所以我仍然每天朝九晚五地上班。在夜里偶尔打开窗看着月亮，梦想依然和往常一样，永远挂在那看得见的最远方。

有幸的是，在今天，2月22日，我终于有了一点不一样的素材——上周回家时，和我妈大吵一架，我正好全录了下来。兴奋的我在凌晨五点就听到了自己心中的公鸡在尖叫。于是起床，打开电脑，我想应该可以在上班之前先整理一下素材，方便晚上再熬夜剪辑。

我把这个故事暂时命名为“我和我妈的这场格斗”。为此，我还特意写了人物小传：

• 妈妈的组成 •

我妈的装备就是这样一整版配件。你能预知到它们组装起来就是个完整的盔甲。

6 800块兔毛披风

这是我妈曾经坚持送给我的礼物。是她的闺密坚持给她代购的旅途纪念品。因为我属兔，所以我一次都不肯披，于是我妈又拿了回去。我真的很难理解一个妈妈会给属兔的女儿买兔毛的披风。我如果属鸡大概率也永远不会吃鸡肉。嗯，我就是这样任性。

2 我爸

如果我妈不是个完整的圆，那么我爸就是她缺的那一小角。我爸可以捡起所有我妈掉在地上的饼干屑，带回她忘在麻将馆的围巾，吃完她盘子里剩的最后一口蛋糕。每当我妈生气骂骂咧咧时，我爸永远能保持一声不吭，但是并不确定他是否在聆听。可以想象，未来人类会进化到能够随时随地闭上耳朵，我爸一定是最早那批拥有这项技能的人。

3 亲戚 ×3

我妈有三个兄弟姐妹。小时候我妈带我去看舞台剧，舞台正中间有一个歌手，两侧站着和声演员。我妈说这就是家庭成员的重要性，让你唱什么都更加立体，即使忘词也有身后的人马上帮你唱出那句话。我说，那会有滥竽充数的和声员吗？我妈说，会有，但无所谓，人多就是力量。

4 被开水浇过的单肩包

我妈每天背这个包只有一个用途，就是装她的手机。这是我前几年过年带回来给她的礼物。是一个纯色的枣红色牛皮小包。但今年回来时，上面已经布满了扎染一样的奶牛花纹。我妈说，因为刚烧完的开水不小心倒上去了，就晕染开啦，有啥的嘛。现在它变成一个很有原始气息的单品，我妈背着的时候，就像背着一个她上个月刚撕碎的战利品的皮囊。

5 常年备胎江冰

从朋友圈这个东西诞生的那一天开始，我爸就坚持在我发的每张照片底下点赞，做我唯一鼓掌的观众。但这两年，除了我爸，还多了一个男人给我点赞。这个人叫江冰。因为有一年过年串门时，我妈把手机忘在他家，于是让我用微信加他联系上了。接着这个叫江冰的男人，在半夜十二点半，专程把手机给我妈送了回来。整个过程里，我妈一句谢谢都没说，俩人默契得好像这事已经发生了无数次。第二天我爸告诉我，他就是你妈的常年备胎嘛，但他也有老婆的，不会发生什么的，你不用担心。

1 我妈本体

每天下午一点半必须午睡。很少考虑他人感受，所以即使赤手空拳也依然强悍。在感受到威胁时，还会在瞬间爆发，进化出更强大的自己。她从小爱看古装武侠，经常在别人挫败伤心时突然哈哈大笑，她说，那是打败敌人时的一种威风。我说，没人是你的敌人呀。她说，只要有人的地方就有竞争，有竞争的地方就都是敌人。

• 我的组成 •

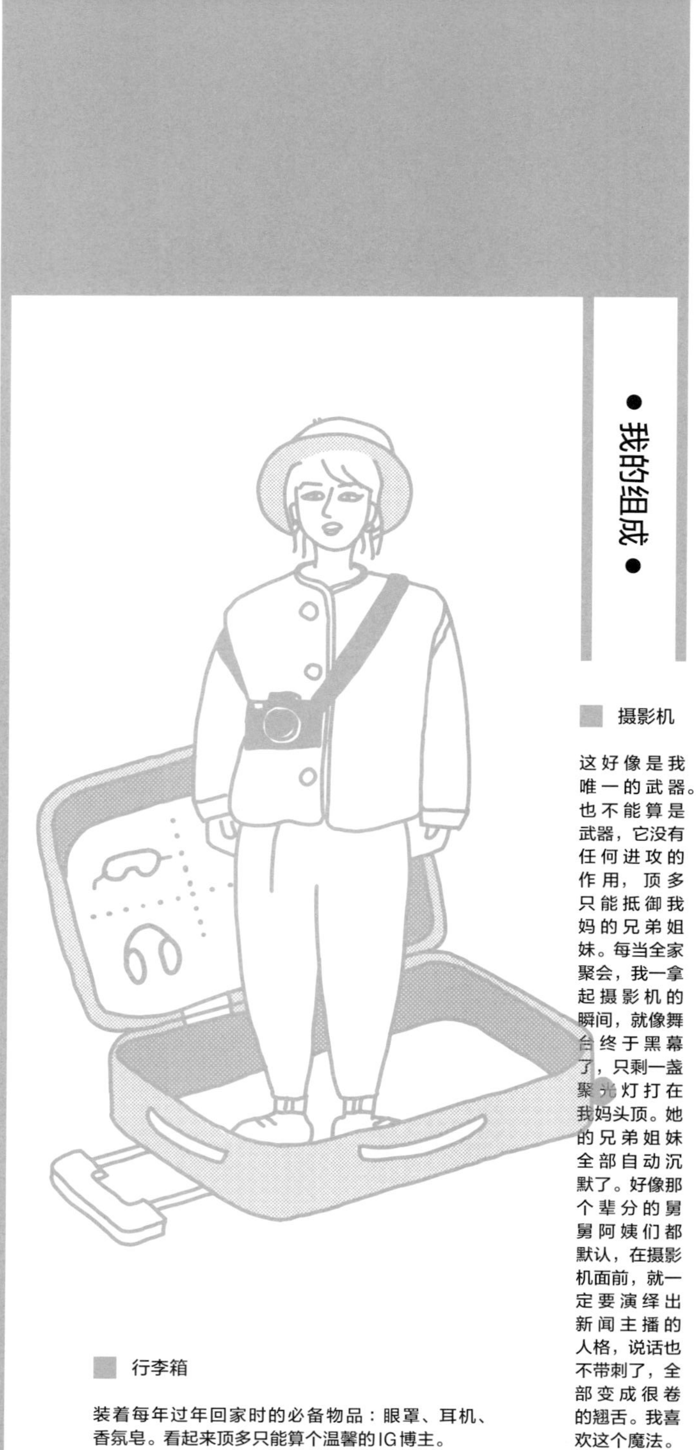

摄影机

这好像是我唯一的武器。也不能算是武器，它没有任何进攻的作用，顶多只能抵御我妈的兄弟姐妹。每当全家聚会，我一拿起摄影机的瞬间，就像舞台终于黑幕了，只剩一盏聚光灯打在我妈头顶。她的兄弟姐妹全部自动沉默了。好像那个辈分的舅舅阿姨们都默认，在摄影机面前，就一定要演绎出新闻主播的人格，说话也不带刺了，全部变成很卷的翘舌。我喜欢这个魔法。

行李箱

装着每年过年回家时的必备物品：眼罩、耳机、香氛皂。看起来顶多只能算个温馨的IG博主。

依照我的创作习惯，写完了人物小传，我就需要先剪出一个精彩的开场。我喜欢让观众在故事开头就看到一个残局：双方的棋子都只剩下几颗，实力都耗到最低谷的时候，这场格斗会有怎样的变化。

本来想叫麦当劳早餐来陪我剪辑的，但当我像往常一样打开素材预览时，瞬间没有了食欲，整个心凉了一半。我发现我在尖叫大哭的那段视频，竟然是无声的。应该是当时忘记开麦克风，或者音频线头没有塞紧。因为那天心情太差，完全没有回看检查过素材，也没调整过相机设置。可想而知，后面的其他几个视频也都是无声的。当我一一打开文件验证这一设想时，我发现并不是每个视频都没有声音，而是视频里只有我没有声音。好几个镜头我都有着明确的口型，也有背景空气的底噪声，就是没有人声。但随着镜头一转，朝向我妈时，收音又全恢复正常，清晰得都能看到她嘴里的每个字又像子弹一样朝我飞来。

好吧。这次视频又只能后期配画外音。我最讨厌画外音这个形式，有人听过画外音可以哭的吗？没有。画外音必须冷静又客观，我必须装成另外一个人，做一个分析者。这好像又是一个冲淡所有冲突的无聊视频。我都能想象自己又会在仅有的几条留言后面回复：谢谢你看完了它。潜台词是：对不起我浪费了你的时间。

叹气。起身泡了一杯茶。看着水蒸气，仍然忍不住默默祈祷，希望在即将打开的这个“我和妈妈看展览”的文件夹里，可以找到一些有我声音的素材。然后鼠标双击，突然出现了一段我完全没有任何印象的视频。

这是一整个飘满荧光云朵的黑色房间。里面的云朵就像儿童涂鸦画里的那样，每一朵都有着具体的波浪形轮廓。无数这样的泛着粉红荧光的云朵，高高低低，慢悠悠飘在空中穿梭着。这个房间好像也看不到天花板，往上望仍然是漆黑一片。然后看到视频里的我妈，仍然是一脸欣喜，但强装淡定的样子。

可我真的不记得自己曾经到过这个房间。我怀疑这个视频应该是我中途去上洗手间时，有人拿了我的相机和我妈一起逛了这个我漏掉的展区。结果就在这个时候，镜头一往下，我看到自己的脚，踩上了一片云。这个云竟然还是实体的阶梯。原来我真的去过，为什么我一点印象都没有？

我看着自己踩上了一朵又一朵的云，还听到了自己的笑声。确定了这是个有录到我声音的视频。然后我在踩到了第七片云、大概离地面两米的地方，高喊着我妈：

“妈妈你快上来，这云是可以踩的。”

“哦。那你能不能下来？”

我马上听懂了我妈潜台词的意思，就是我要下去，陪她一起上来。于是我马上开始往底下的云跳。我看着画面里的自己，就像马里奥一样灵活。结果，在往最后一块——离地面只有半米的云上跳时，我整个身体直接穿过了它，摔在了地上。原来展区的地面全是海绵，就是为了防止跳空的人摔伤。因为有的云是实体，有的云只是光效。而我第一次竟然就全部踩到了实心的云，直接爬到了那么高。

我激动地告诉我妈我的这个分析。

“妈妈，你看这地上都没有任何出口提示，我猜这些云就是走出这个展区的方法。”

“怎么可能啊，不可能嘛。你再找找出口提示。我不要走这个上去。困了，太麻烦了。”

于是我只好在地面上又转了两圈，除了天上飘着的发光的云，四处都是漆黑一团，仍然找不到任何出口标识。我抬头往上找，为了看得更清楚，我用相机拉了长焦，镜头聚焦到最上方的一朵云上，好像有个小房间，模模糊糊似乎画着洗手间的图案标识。

“妈妈，我想上厕所，这上面正好有厕所，我们直接上去就走了呀。”

“那儿现在一个人都没有，走错了容易摔下来。我先眯一会儿。你等一会儿如果人多了，他们都进来开始走以后，我们再跟着别人走。”

我妈坚持留在原地，一屁股坐在海绵上，闭上眼睛。

画面里我举着相机，开始拉着长焦，特写我妈的眼睛。此时电脑前的我，点了一下暂停键，仔细地看着她的眼睛。突然想起我10岁时，我们一起去天文馆玩，看了一部4D电影，躺在椅子上望向弧形的天花板，陨石流星、太阳银河，全部投在上空。我看得热血沸腾时，突然前座一个小孩转过身，兴奋地对他妈妈吼："妈妈！你看前面那个阿姨！她睡着了！"

我妈可以在任何时候睡着，这是我最羡慕她的能力，她很擅长休息。我只好一个人拿着相机到处转，对着镜头傻笑，自言自语，寻找房间的出口。这样的画面大概持续了20分钟，我发现这个展厅的地面上没有任何门。但是地上有一些奇怪的绳状的藤蔓植物稀疏散布着，全部有着荧光粉色的毛毛边缘，其中有一根最粗的像是从天花板垂下来的，往上看不到尽头。我把镜头拉近，特写它的纹理，和玫瑰根茎一样长着参差不齐的刺，在它的最尾端，挂着个牌子，上面写着"紧急出口"。我上手抓了一下，想试试能不能拽下来，完全拉不动，这应该就是除了踩云阶梯以外的出去方式了。

"妈妈，这里应该就是出口了！"我把我妈叫了过来，"但估计爬上去手都会烂了，我刚刚抓了一下已经划伤了。我们还是走那个云上去吧，那个又可爱又好玩，你跟我一起试试吧！"

我一手举着相机，一手给我妈展示我手掌上的血。

"那就必须走这个嘛！这个抓着上去多有安全感。我以前攀过岩，我会玩这个。就抓这个上去！"

我妈立马一把抓起了藤蔓，不给我任何讨论的余地，就开始往上爬。

"妈妈，这个爬上去手估计就全烂了。"

"有什么的嘛，过几天就好了。"

我无奈，说不出任何话。只好把相机固定在背包肩带上，跟着我妈开始爬。

爬到一半的时候，我看到自己手掌的血顺着藤蔓流了下来。这时，四周突然响起了背景乐。是Frank Sinatra 著名的"It Had to Be You"。天空里本来荧光粉色的云，也突然全部变成了黄昏的橙红色，全部停止了移动，固定在了原本的位置。我妈爬得非常快，完全没有低头来看过我一眼。像周五傍晚的高峰期，我一个人在堵得完全不动弹的红色车灯里穿过马路，仿佛这些车水马龙与我完全无关。

在最高点时，终于看到有个穿着制服的管理员样子的人，伸出手，把我们拽了上去。这个白色的房间，让电脑前的我终于回想起来了，这是回到了我们刚进入展厅入口的地方。

"好玩吧？这儿特效不错吧？"他笑呵呵。

"我俩手掌全烂了，你跟我说好玩？"我没想到我这样千辛万苦地爬出来，他给我这样的欢迎词。

他继续笑呵呵，说："你仔细看看，你俩的手烂了吗？"

我低头，镜头也朝向了手掌心——竟然没有任何血痕，像什么都没发生过一样。

"喔，原来我的手完全没事啊。"我妈也给我看了她的手掌。

"这最后一个展厅，会根据观众自行选择的离开方式，相应给出不同的特效方案。超值的沉浸式体验。"管理员笑着给我们递上了两杯水。

出了展厅，天色已黑，上海外滩的夜晚已经灯火辉煌。我把相机从肩带上取下来。把镜头朝向我和我妈：

"妈妈，刚刚这个展确实好玩啊。我们如果走那个云台阶出来就好了，那个更好看。"

"什么烂东西，再也不要浪费钱玩这些了。我要回酒店睡觉。"

然后我妈看着对岸的东方明珠，突然唱起了1997年香港回归时的金曲《东方之珠》。我把视频拖到一旁，新建了一个word文档，开始打字：

画外音：

你知道吗妈妈，有时候真的很羡慕你，甚至可以说是嫉妒。你不向往天上的云，但你并不因此感到难受，你也总是可以我行我素，尽情释放你的棱角。在你的世界里，即使像你那样由着性子来也可以过得顺利。可我不行。我总是想到达云的顶端，我总是遇到踩空的云。你永远看不起我。但我会永远记得跟你爬绳子的这一天，虽然以你的性格，可能你明天就会忘记了。我把它剪辑出来，这是我唯一能帮自己重建回忆的方式。以后再放给你看。

指令 Command

216

我是白
Woshibai

漫画 / Comic

将词语分为白天使用与夜晚使用两种

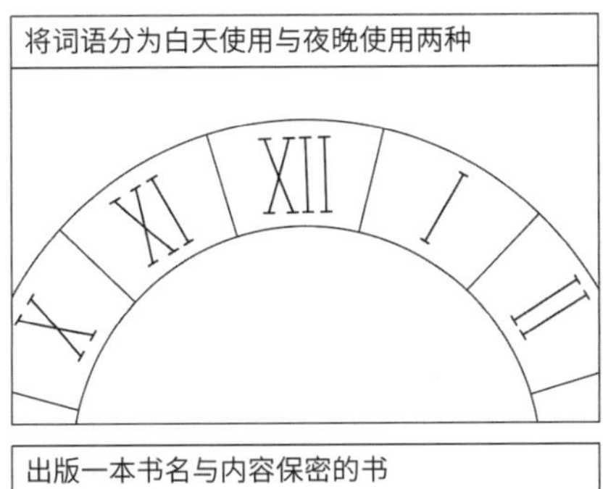

把梦记在床的底部

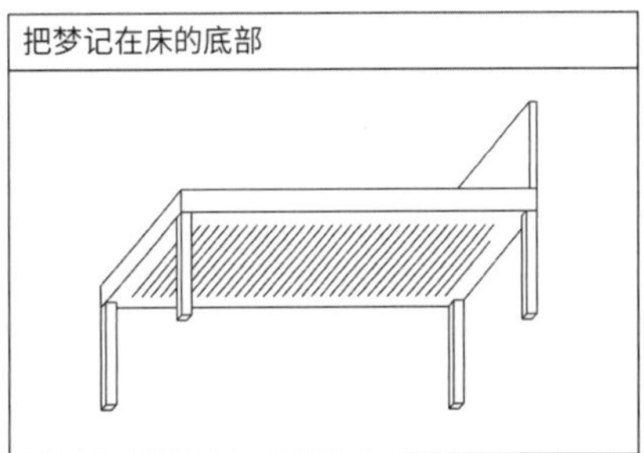

出版一本书名与内容保密的书

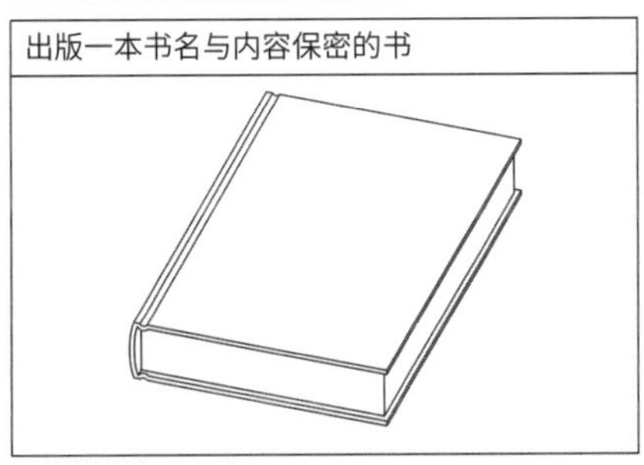

想象蜜蜂的一生

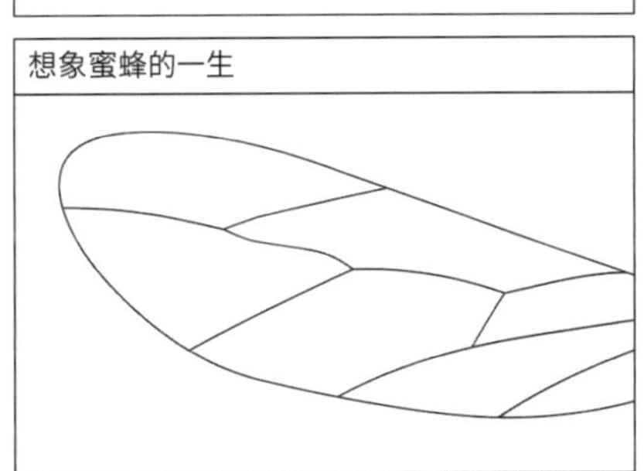

练习无声地走路

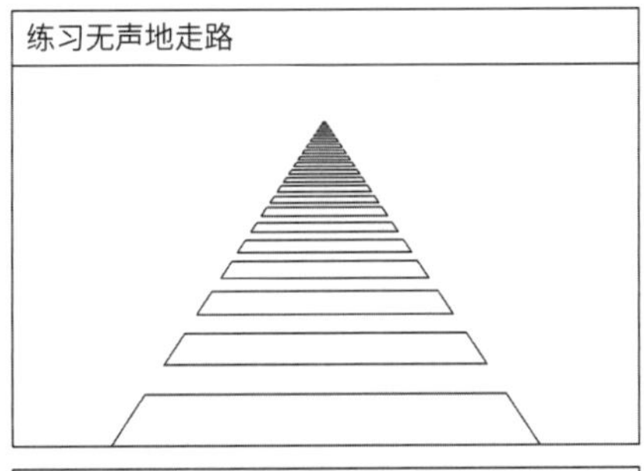

盯着一个字看直到感觉陌生

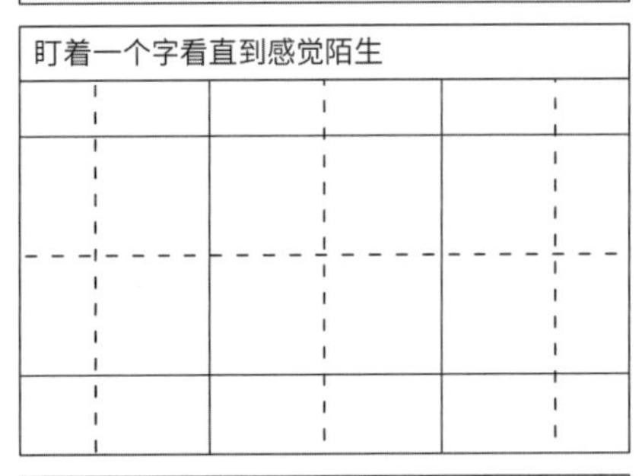

装一把假锁，在一扇假门上

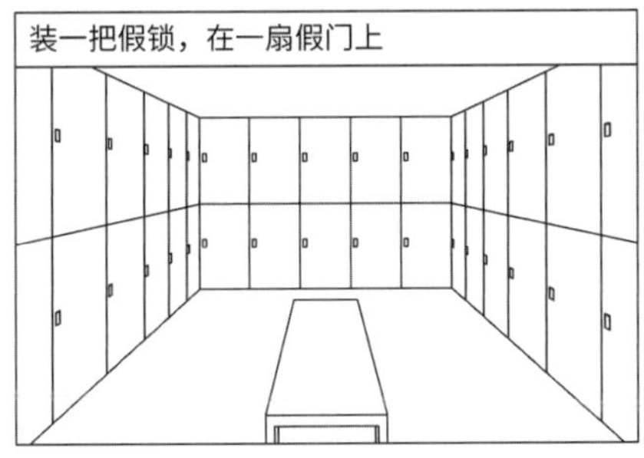

想象猫头鹰都是女孩变的

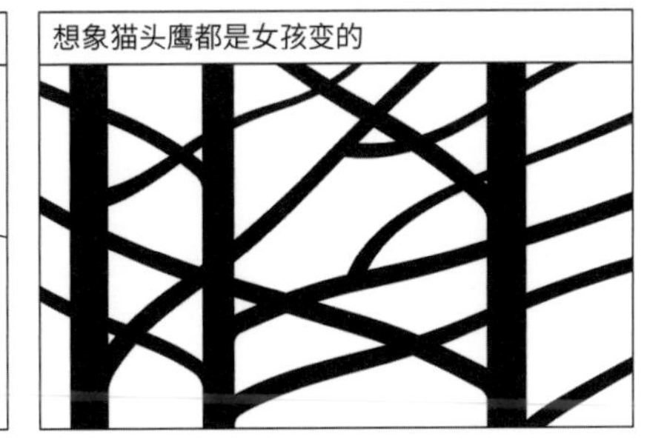

图书在版编目（CIP）数据

格 / 随机波动编 . -- 北京 : 北京联合出版公司 , 2024.2（2024.7 重印）
ISBN 978-7-5596-7239-1

I . ① 格… II . ① 随…
III . ① 文艺－作品综合集－世界－现代 IV . ① I11

中国国家版本馆 CIP 数据核字 (2023) 第 189314 号

格

编　　者：随机波动
出 品 人：赵红仕
项目策划：傅适野 张之琪 黄 月
出版策划：明 室
策 划 人：陈希颖
特约编辑：赵 磊 李洛宁
责任编辑：管 文
创意总监：田 克
装帧设计：STUDIO DPi

北京联合出版公司出版
（北京市西城区德外大街 83 号楼 9 层 100088）
北京联合天畅文化传播公司发行
北京启航东方印刷有限公司 新华书店经销
字数 120 千字 889 毫米 ×1194 毫米 1/16
15.5 印张 插页 22 页
2024 年 2 月第 1 版 2024 年 7 月第 3 次印刷
ISBN 978-7-5596-7239-1
定价：198.00 元

电话：（010）64258472-800